禁断の赤ワイン

Forbidden Red Wine

黒内 彪吾

東京図書出版

目次

第一部

第一章　バーデンバーデン

　ここは初夏のバーデンバーデン、南ドイツ、シュヴァルツヴァルト（黒い森）の端に位置する保養地だ。桂優一（かつらゆういち）が、五日前、このバーデンバーデンに来たのは、ここで昨日まで開催されていた「二〇〇八年度・欧州プラズマ学会」で講演を依頼されたからである。優一は、大学の理学部で光学について勉強し、中堅企業の研究所に入って、液晶画面の研究開発に従事してきた。

　東京を発つ前、中学以来の親友、弁護士の白石賢悟（しらいしけんご）が、丁度この頃ドイツに出張しているということだったので、ここで落ち合うことにした。白石は昨夜、優一より四日遅れて、バーデンバーデンに到着し、優一と同じホテル・ベル・エポクに投宿した。食堂で一緒に夕食をとった折、彼が冗談めかして言った。

「桂、お前も気をつけた方がいいぞ、いつ何時（なんどき）、テロリストに狙われて、誘拐されるかもしれない。美人スパイのハニー・トラップに引っかかって、油断したすきに誘拐された、なんていう事件が、このバーデンバーデンの近くでも起こっている」

「そんな馬鹿な。俺なんか誘拐して、テロ組織はどうするというんだ？」

「そりゃ、お前は光学の専門家として、レーザー光線にも詳しいから、例えば、レーザー銃なんか作れるかもしれん」

「あっはっはっ、そりゃ、作れるかもしれんな」

「それにお前の会社は、しこたま儲けているから、身代金もふんだくれるし」

「いや、それは見当違いだ。わが社も最近は苦しいらしい。何せ、弁護士料が高くて経営を圧迫しているという話だ」

「いい加減なこと抜かすな。俺の弁護のおかげで、お前の会社は、いつも勝訴しているじゃないか！」


白石とは、八年ほど前、外国企業との知的財産権がらみの紛争が起こったとき、彼が優一の会社の顧問弁護士として一緒に仕事をして以来、一層親密な関係にある。

優一の光学関係の発明もこの訴訟に関係していたので、優一は直接的な当事者の一人として関わった。この裁判で、白石の活躍は目覚ましかった。相手側はレバノンの企業だったが、白石弁護士は、科学と科学者を守るために、特許を尊重することがいかに重要であるかを力説した。優一は彼の気迫のこもった弁論を聴いていて、思わず涙がこぼれたことを思い出す。

他方、相手側を徹底的に攻撃する白石の法廷スタイルは、米国の辣腕弁護士でさえ真っ青になるほどである。この事件の時も、白石は相手側を完膚なきまでに論破して、相手側のダメージは相当大きかったようだ。

白石弁護士は、最近は、テロ資金のマネーロンダリングを疑われて国連安保理や米国による経済制裁の対象になったドイツ企業の弁護に協力しているのだと言う。

「テロとは全く関係ない会社や個人が、テロ支援の嫌疑をかけられて、片っ端から逮捕されている、深刻な人権問題だ」と白石弁護士は言った。

「へーえ、白石が人権派の弁護士とは知らなかったなあ」と優一が皮肉ると、白石はむきになって答えた。

「俺が人権派であるわけがない。しかしそういう俺でさえ、今のアメリカのやり方は問題だと思っている。アメリカ政府はテロ対策に血眼になっている」

「なるほど、そうなんだ」

「二十世紀は戦争の世紀だったが、二十一世紀はテロの時代だからな」と白石は言う。

「テロの時代か、なかなかの名言だな」と優一は感心した。白石は続ける。

「現代は、誰でも、つまり普通の人でも、テロリストになりうる。彼らは別に自分たちがテロリストだとは思っていない。多くの場合、彼らはただ、正義のために、政治運動に参加しているだけだと思っている。もちろん、だからって、テロリズムが正当化されるわけは毛頭ないが」

「しかし、このバーデンバーデンでは、テロなんて雰囲気は全くないけどなあ、平和そのものだ」と優一は呟く。

「桂は幸せだよな、世の中の闇には目もくれず、光学の専門家として、光だけを見つめて人生を送れるんだからな、羨ましいよ」

「あっはっは、光だけを見つめて、か。いや、それいいね、退職の時の挨拶に使わせてもらおうかな、『桂優一、光見つめて三十年、お世話になりました』とね」

「何言ってる、退職どころか、桂は次期社長候補の筆頭だそうじゃないか」

「とんでもない、社長なんて、まっぴらだ」

白石との話が、取りとめのないのは、いつものことだ。白石が言う。

「事務所の同僚に、バーデンバーデンに行ったら、三大名所に行って来いと言われた。祝祭劇場とカジノ、それにフリードリッヒ浴場だ。俺は、劇場とカジノには関心ないが、浴場は行ってもいいかな、と思う。桂はもう行った？」

「いや行ってない。古代ローマ式の混浴だそうだな。最近は、体形に自信ないからな、ちょっと気おくれするよ」

「せっかく保養地に来たんだから、目の保養もしないと。若い美女との出会いがあるかもしれんぞ」

「白石のさっきの話じゃ、美人テロリストかもしれないじゃないか、自分で言ったことを、もう忘れているのか」

「桂はそういうふうにネガティヴだから、未だに結婚できないでいるんだ。そうじゃないか」

「白石はいいよな、美人の奥さんがいて」

「いやあ、はっはっ、たしかに新婚の時は、食べてしまいたいくらい可愛かったけどな。今はもう、うるさいだけ。あの時、食べときゃよかったんだよな」

「何を馬鹿なこと言っているんだ。ま、いい、とにかく明日、その浴場に行ってみよう」


こうして二人は翌日の昼頃「フリードリッヒ浴場」に来た。その時間帯が一番すいているということだったので、早めに来た。

中世の雰囲気が色濃く漂う旧市街を並んで歩いて、丁度気持ちよく汗ばんだころに到着した。古代ローマの浴場の跡地に建てられたという由緒正しき浴場だ。もっとも、日本人の感覚からすると、温泉宿というよりは病院のような建物だ。

優一が浴場入り口のドアを開けようとしたとき、例によって、白石の携帯電話が鳴った。何か込み入った話のようだ。

白石が電話で話している間、優一は所在なく、辺りを見回していた。黒いセダンが通りの向こうに停まって、二人の男が先ほどからこの浴場を注視している。彼らも浴場に来ようとしているのか？　優一がその車をじっと見ていると、そのうち、セダンは去って行った。

「OK、私がそっちに行って、何とかする」と言って、白石は電話を切った。通話を終えた彼は、優一に向きなおると、済まなそうに言った。

「申し訳ない。依頼人（クライアント）がすぐ会いたいと言うんだ。昨日からちょっと騒がしかったんだが、放っておくと大ごとになりかねず、急いで対処しなければならない。すぐにフランクフルトに来てくれと言われて。悪いけど、浴場には付き合えなくなってしまった、俺から誘っておいて、済まない、許せ！」

「そうか、仕事じゃ仕方ないな……じゃあ俺も、ホテルに戻ろうかな」と優一がつぶやくと、それを押し留めるように白石は言った。

「いや、ここまで来たんだから、桂は一人ででも、この浴場を体験して、東京でその成果を聞かせてくれ」

「うん、そうだな……じゃ、そうするかな、成果はとくにないと思うけど……」

そういうわけで、優一はフリードリッヒ浴場の前で、ひとり、放り出されてしまった。しばし途方にくれて迷っていたが、白石が通りの向こうで振り返り、早く入れと合図するので、苦笑しながら彼に手をあげて、自分を鼓舞するように、浴場の受付に進んだ。

それにしても、温泉に入るのは久しぶりだ。料金を払い、更衣室で、生まれた時の姿に。大きなタオルを渡され、先ずはサウナへ、そして、打たせ湯のような強いシャワー。この浴場のしきたりに従い、十六の温浴コースをひとつずつたどっていく。やっぱり、この浴場に来て良かったと思う。

さすが、なかなか乙なものだ。コースを進むにつれ、時間を忘れ、世界を忘れ、そして自分であることさえも忘れる。もっとも、シャワーのあとはタオルを取り上げられ、無防備になって、いやがうえにも自分であることを再確認させられる。ミストサウナの部屋。ミストで最初はよく見えなかったが、目が慣れてくると、おっ、霧の中にぼんやりと浮かぶのは裸の女性像、気おくれして、早々に退散する。

次の浴室は、プールのような深い大きな浴槽、日本の温泉の大浴場と同じような雰囲気だ。安堵して湯につかり瞑目。ようやく、至福とはこのことだ、と思い始める。

と、その時だ。突然、優一の近くで湯がグワッと盛り上がった。潜って泳いできた若い女性が立ち上がった。ボッティチェリの絵画『ヴィーナスの誕生』のような光景。東洋系の、美しい女性だったような気がする。「ような気がする」というのは、実は顔をしっかりと見なかったからだ。一瞬、女性の裸身が優一の前に晒されたので、優一の眼は、いわば本能的に、顔よりも、胸から下に向けられてしまっていたのだ。あの三角地帯もしっかり見てしまった。輝くような若い女性の肉体が、眼(まなこ)に焼きついた。最近、こんなに動揺したことはない。

その女性は、最初は優一の存在に気付いていなかったようだ。浴室は暗かったし、湯気で曇っていたから。そのうちに優一がいることに気づいて、「あっ」と小さな声を出した。そのとき一瞬、優一と目が合った。

彼女は、向きを変え、再び潜って離れていった。均整のとれた、きれいな体だった。本当にヴィーナスのような!

それにしても、なんだか、すごく得したような、幸せな気分だ。白石弁護士への良い土産話が出来たぞ。

フリードリッヒ浴場は、温浴と冷水浴が交互に配置されている。優一は、残りの浴槽を、全て指示通りにゆっくりつかった。幸せな気分に満たされた。

コースの最後は、宮殿のような円形の中央大浴場。天井は高いドームになっていて、飾りの施された八本の円柱がそのドームを支えている。まさに、古代ローマの貴族たちが優雅にまどろんだ温浴文化がそこに再現されていた。

その大浴槽には何人かの女性もいた。誰も恥ずかしがる様子はない。優一も目が慣れてきて、先ほどのような動揺は、もうない。ルノワールの水浴画を鑑賞しているような、ほのぼのとした気分に包まれて、優一はフリードリッヒ浴場の最後のコースを堪能した。

温めたタオルを渡され、体を拭いた後、薄暗い昼寝の間で半時間ほどうたた寝をする。この静寂が何とも素晴らしい。

「なんという心地よさか……」

そこで記憶が途切れた。記憶とともに感覚も遮断された。眠りの中で、優一は宇宙空間に放り出されていた。驚いたことに、先ほどの若い女性が、優一と一緒に手を繋いで宇宙遊泳している。

ところが、銀河に達した時、突然、女性は優一の手を離し、「さよなら」と言って、闇の中に消えてしまったのだ。「待って！　待ってくれ！」と優一は必死で叫んだ。自分の叫び声で、優一は目が覚めた。

＊

「変な夢だったな……」と呟きながらフリードリッヒ浴場を出る。まだ頭がボーッとしている。午後の陽が眩しい。

優一は喉の渇きを覚えた。すぐ前にレストラン・カフェがある、あそこで何か飲むことにしよう。

カフェに入ると、中年のウエイトレスが「ビールですか」と英語で聞く。

「いや、ビールはダメなんだ、ビール以外だったら、何でもいいんだが」と答える。

「へーえ、日本の人はみなビール好きと思っていたけど、最近は嗜好が変わってきたのね、そちらのお嬢さんも同じこと言って」

ウエイトレスの言った「お嬢さん」のいるテーブルに目を向けて、優一はドキッとした。何と浴場で会った白い裸体のヴィーナスではないか。宇宙の果てで、優一を置いてきぼりにした女性だ！　いや、あれは夢だった、と思い返してやっと本当に目が覚めた。

「あっ、先ほどは……」と、優一はどぎまぎしながら言った。

「まあ！」と彼女も驚いた表情。彼女は、ウエイトレスの言葉を引き継いで言った。

「私もさっきビールを勧められて、同じことを言ったんですよ。ビール以外なら何でも、と。私たち、日本人のイメージを変えるのにちょっと貢献したみたいです」

「あ、そういうことでしたか。しかしビールなんか飲む人の気が知れないよね。飲むなら、やはりワインだ」そう言いながら、優一は、自分がやっと平常心に戻れたと、安堵した。

だが、女性の次の一言で、またびっくりした。

「ほんとに。『ビールは人が造り、ワインは神が造る』と申しますから」

優一は感嘆の表情で、その女性の顔を見直した。正直なところ、衝撃を受けた。若いのに、何と教養のある人なのか。

ウエイトレスに、ガス入りのミネラル・ウオーターにチーズとクラッカー、昼食代わりに、この店の自慢というキッシュも頼んだ。ワインは何が良いかと聞かれたので、扁平のボトルに入った「バーデン」という白の地ワインが棚に並んでいるのを見て、「あれをグラスで」と頼んだ。

浴場で会ったときは、暗かったし湯気のために顔はよく見なかったのだが、いま目の前にいる女性は、日本人離れした彫りの深い顔立ちながら、黒い瞳は、優しい日本人の目だ。

デニムの七分丈パンツに薄いピンクのタックブラウスという簡素ないでたち。

「こちらに、お掛けになりません？」と彼女の方から招きを受けた。

「よろしいですか？　お一人ですか？」と聞きながら、優一は彼女の前の席に腰を下ろした。

「はい、一人で来ています」

「どうして、バーデンバーデンに？」

「先月までアメリカに留学していて、東京に帰る途中です。ヨーロッパをいろいろ見ておきたくて。大学の寮はシャワーしかなかったので、この二年間、殆どバスタブにつかることがなかったのです。だからここでは浴場を満喫しました」

「それで浴場ではあんなに幸せそうだったんですね」

「ま、そう見えました？」

「いえ、見たわけではありませんよ。そう感じただけ」と優一は弁解ぎみに応えた。

「とっても楽しくて、昔のローマの貴婦人になったような気分でした」

「そう、いい湯でした。私は疲れて最後の休息室で本当に眠ってしまいましたよ」

その時、ワインが運ばれてきた。彼女はオレンジジュース、それにやはりキッシュだ。

「このバーデンバーデンでは何をされているんですか？」と今度は彼女が聞いてきた。

「昨日までここで国際会議に出ていました。今日からは休暇です。二、三日、ゆっくりしてから、東京に戻るつもりです。で、アメリカはどちらの大学でした？」

「ハーバードです。ロー・スクールで国際法を勉強しました」

「えっ、ハーバードですか！　私もそこで物理学を勉強して、ドクターをとったんですよ、二十年も前のことですが」

「あのガラス張りの、サイエンス・ビルディングで？」

「そう」

「わーあ、すごい！　じゃ、大先輩ですね！」

専門分野も違い、年齢も親子くらい離れているのだが、「同窓」ということで二人の距離が一挙に縮まった感じがする。

「それじゃ同窓ということで、よろしく……私は桂優一」そういって右手を差し出し、彼女と握手した。

「正池（まさいけ）ミナです、よろしくお願いします」細くて柔らかくて冷たい手だった。

「握手するって、何か、外国人同士みたいですね」と優一が照れて言うと、彼女は答えた。

「ええ、でも私、ご覧のように、半分、外国人です。母は日本人ですが、父はイラン人でした。もっとも父は私が高校三年のとき亡くなってしまいましたが……」

「それは大変でしたね」と優一は同情した。

「父はビジネスマンだったので、東京とシンガポールの事務所を行ったり来たりしていました。私も高校時代の二年間は、シンガポールのインターナショナル・スクールに行っていたのですが、母の影響で、精神的には純粋の日本人です」

「だから……混浴の風呂にもそんなに抵抗がないわけだ」

「そう、イスラムの女だったら、大変」

「実は、私の祖先もイランにいたことがあるんですよ」と優一は話題を変える。

「えっ、そうなんですか？」ミナの顔がパッと明るくなった。「いつごろのことですか？」

「えーと、大体四万年ほど前です」

「なーんだ」とミナが大笑いする。笑顔が愛くるしい。

「でも本当のことですよ。ＩＢＭとナショナル・ジオグラフィックが共同で『祖先探求』のプロジェクトをやっているんですよ。指定の遺伝子研究所に、口の中の粘膜を掻きとって試験管に入れて送る、そうすると八週間後にＤＮＡテストの結果が送られてきて、祖先のことが分かるのです。検査料は百ドルと郵送代金」

「ふーん、そうなんですか！」とミナは目を輝かせている。

「それによると、私の最初の祖先は五万年前、アフリカのリフトヴァレーにいたそうです。

今のケニアとかタンザニアの辺り。しかし、私たちの祖先は四万五千年前、新天地を求めてアフリカを脱出することにしました」

「でも、砂漠を歩いて脱出なんて、大変だったでしょうね」若い女性が自分の話に乗ってきている、そう感じて、優一はいよいよ饒舌になる。

「いや、その頃は氷河期の終わりで、ユーラシア大陸の氷が解け、その影響でアフリカも湿気が多く緑豊かな大陸だったようです」

「そうなんですか！」

「私の祖先がエチオピアの高原を経て辿り着いたのは、アラビア半島で、そこに五千年くらいいました。というわけで、四万年前には、私の祖先はイランで生活していたのです。だから、正池さんのお父さんの祖先と、私の祖先とは、お隣り同士だったという可能性も、なきにしもあらず、なんですよ。でしょう？」

「なるほど、素晴らしいお話！　で、その後はどうなったのですか？」

「ええ、あなたのお父さんの一族のように、それぞれの地でそこに居残って頑張ることにした人達も多かったのですが、私の祖先は、山を越え、谷をわたって、ただただ東へ東へと進み続けました。そしてついに、三万五千年前、中国の西南の端、今の雲南省あたりに辿り着いたのです」

「まあ、ご苦労さまでした！」正池ミナは屈託なく笑った。

「三万年前には、再び氷河期が猛威をふるい、私の祖先はもっと温かいフィリピンに向かいました。そしてそこから黒潮に乗って、沖縄を経て、日本本土に漂着した……のではないかと思われます」

「面白そう！　私もその祖先探求やってみようかしら」

「いや、女性の場合は、染色体の関係で母方の祖先しか辿れないんですよ」

「まあ、残念。私に兄でもいれば良かったんですが、あいにく私は一人っ子で」

初対面にもかかわらず若い女性と、こんなにもわだかまりなく話が出来るというのは驚きだった。この様子を見たら、きっと白石もびっくりするだろう。

「ところで、そのワイン、味はいかがですか？」と彼女が聞いた。優一は少し口を付けただけだった。

「いや、『神が造った』にしては、ちょっと期待はずれというか……」

「味見させて頂いていいですか？　わたし、ワインのテイスティングに興味があって」

「ええ、どうぞ、どうぞ。グラスのそちら側から飲んで下さい、間接キッスになるといけませんから」

「まっ、ご冗談を！」そう言いながら、彼女はグラスをとってクルクル回し、バーデン・

ワインを口に含んだ。

「うーん、ラインワイン風味かな、でも何だかお水みたい」

「だよね！」意見が一致して、優一は満足だった。「とはいえ、残すのはお店の人に面目ないから、全部飲んでしまって下さい」

「では……」といって、彼女は半分だけ飲んでグラスを返した。「あとの半分は、桂さんが責任をとって下さい」

優一は残りを一気に飲み干した。同じグラスからワインを飲んだことで、二人の間の距離がなくなったかのような感覚だ。

「このワイン、なにか、さっきより美味（うま）くなったみたいだ。間接キッスのおかげかな」と、優一は軽口をたたいた。そんなことを言う自分に、彼自身、驚いていた。

「まっ、桂さんて、面白い方！」二人は親密さを感じながら微笑みあった。

「あの、桂さん」と、英語のガイドブックを見ながらミナが言った。

「この先の山の上に古いお城があるようなんですけど、もしお時間がおありでしたら、一緒に観てきませんか？」

「うん、それはいいね、もちろん！」

若い女性に誘われて、優一はもう浮き立つような気分だ。こんなことが本当にあるんだろうか、と半信半疑な気持ちでもある。しかし、やはりそれは自分が中年の紳士だからと自分自身に言い聞かせる。店でタクシーを呼んでもらって、古城のふもとの駐車場へ。三十分で戻るからとタクシーに待ってもらう。

「私たちが遅れても、必ず待っていてね。きっとよ」ミナが念を押す。

「いいよ」と、運転手が笑いながら応える。

十二世紀初頭に建てられたという古城の城壁に昔の姿が偲ばれる。かなり険しい坂だ。登る途中、優一は何度かミナに手を貸した。その手の柔らかい感触に、優一は胸をときめかせた。

さらに登ると、やっと頂上まで辿り着いたようだ。「黒い森」の一端が遠望されてきた。こんもりとした森の向こうに金色の夕陽が落ちようとしている。気流の関係か、太陽はゆらゆら揺れながら、西の大地に吸い込まれようとしていた。

ミナはベンチに座って、落ちていく太陽をじっと見つめている。突然、彼女は両手で顔を覆った。

「ああっ……太陽が、ぐしゃぐしゃになって……沈んでいく！」ミナは悲痛な声をあげた。そして大粒の涙がこぼれた。つい先ほどまで快活に振る舞っていたミナの急変に、優一はびっくりした。

「どうしたの、大丈夫?」

「まあ、ごめんなさい、私としたことが……」とミナは涙をブラウスの袖で拭きながら言った。もう太陽はすでに沈みきって見えなくなっていた。

「さっきの太陽、落ちるのはいやだ、沈むのはいやだって言いながら沈んでいったみたいに、見えませんでした?」

「そうかな、たしかに少し揺れていたみたいだけど、多分、気流のせいでしょう」

そう言ってから、優一は、何とも無粋な返答だったなと悔やんだ。揺れながら落ちていく太陽に、ミナはきっと、誰か不幸な人のことを思い出したのだ。案の定、彼女は言った。

「ごめんなさい、最近、親しい友人が亡くなったので、時々、突然、その人のことを思い出してしまうんです。とても有能で志の高い人だったのに、同じアラブ出身の友人が学費に困っていたので、その人にお金を貸したというだけで、FBIにテロリストと疑われて、ひどい取り調べを受けて……その屈辱に耐えきれなくて、結局、自殺してしまったの。ごめんなさい、こんな話をして」

「そうでしたか、そんなことがあったのですか、可哀そうに。それなら……思う存分、その人のことを偲んであげるといい」と、他に適当な言葉を思いつかないまま、優一は言った。

「はい……」と答えて、ミナは太陽が沈んだあとを愛しむかのように西の空を見続けている。ミナの目にもう涙はなく、毅然として顔を上げている。その姿は、優一の胸を打った。

――凛とした、なんと美しい人だろう。優一はミナの可憐な清らかさに感動していた。紅い残光の中に浮かぶ彼女のシルエットが、優一の心の中で一層美化された。女神のようだ、と思った。静かな時間が流れていた。


駐車場に戻る途中、優一は聞いた。

「どちらにお泊まりですか？」

「ベル・エポクです」

「えっ、じゃ、私と同じだ！」

「まあ、桂さんも！　学生にはあんな立派なホテルは身分不相応なんですけど、母が昔、亡くなった父と新婚旅行で泊まったと言っていたのを思い出して……でも部屋はアティック、屋根裏部屋です。桂さんのお部屋は？」

「まあ一応スイートで、居間と寝室は別になっています。しかし、あなたも同じホテルなら好都合だ。夕食の予定は？　よかったら一緒にどうですか」と優一は誘った。

「はあ……」とミナは迷っている様子。「……初めてお会いしたばかりの方にご馳走になるなんて、いいのかしら……」

「初めてといっても、われわれは同じ大学の先輩後輩の仲ですよ」と、優一はやや強引にせまる。そういう自分に少し驚く。

「ええ、そうですよね！」とミナは相槌を打つ。

「それに、ちょっと以前は、祖先が隣り同士でした」この際、使える理屈は何でも使う。

「まあ！　それでは……是非ご一緒させて下さい！」ミナは、夕陽を見た時とは打って変わって、うきうきした様子、優一は安心した。

駐車場に戻ったのは、約束の三十分をだいぶん過ぎていたが、幸い、タクシーは待っていてくれた。

「あっ、良かった！」とミナが大きな声をあげた。

「ちょっと大袈裟じゃない？」と優一がからかう。

「いえ、運転手さんが待っていてくれて安心しました……だって、歩いて帰るの、大変でしょ」

「まあ、それはそうだけど……」

二人が車の中に入ると、運転手が優一に尋ねた。

「変な二人組の男を見なかったか？」

「いいえ、誰とも会わなかったけど」

「それならいいんだ。さっきまで、黒いセダンに乗った二人がいて、ウロウロしていたので。ちょっと気になっていたのさ。俺は心配性でね」と笑った。いかにも、人の良さそうな運転手だ。

走り出して間もなく、運転手が速度をゆるめた。「ほら、あの車だ」黒いセダンが停まっている。何か不気味な感じだ。「一応、報告しておこう」と運転手は車を止め、無線機で会社に連絡した。セダンには二人の男がいたが、運転手がどこかに電話しているのを見たためか、車を発進させて行ってしまった。

タクシーを降りる時、優一は運転手に礼を言い、チップを沢山はずんだ。

ホテルに着いたあと、コンシェルジェに、「バーデンバーデンで一番のレストラン」はどこかと聞き、「シャルルマーニュ」というフランス料理の店を予約してもらった。若い女性と二人だけで夕食を一緒にするなどということは、初めての経験だし、今後もおそらく、こういうことはないだろう。だから、今夜は、できるだけ、贅沢なディナーにしようと思った。

「それでは八時に、またここで」と約束して、それぞれの部屋に戻った。夏のヨーロッパは陽が長く、夕食は大体八時からだ。

今夜の食事はフォーマルなので、優一はタキシードを着た。黒の蝶ネクタイ。日本ではタキシードを着る機会はほとんどないが、先週の欧州プラズマ学会の晩餐会で着るために、持ってきていた。ロビーでミナが降りてくるのを待つ。

ライトグリーンのドレープがきいたゴージャスなドレスに着替えたミナを見て、優一は思わず「センセーショナル！」と叫んだ。ジーンズにブラウスという昼間のいでたちとは全く違って、ミナは輝くような優雅さに包まれていた。立ち行く人が皆、彼女の美しさに感嘆して振り返っている。エメラルドの首飾りが光っている。

「私、タキシードを着た人とデートするの、初めて。何か映画みたい」とミナはうきうきした様子だ。

「ゼロ・ゼロ・セブンみたいな？」

「そう、タキシードにピストル。桂さんの場合は、レーザー銃かな」そう言ってから、ミナは、一瞬、はっとしたような表情を浮かべた。「いえ、桂さんは物理学の専門家だから、ピストルのような旧式の武器では、似合わないかと……」と何だか弁解口調だ。

優一は雰囲気を変えるように言った。

「いや、私の場合、武器は要らない。中学・高校と空手をやっていたから、誰とでも素手で戦える」

「わあっ、すごい！　やっぱり、桂さんは、私の味方！」とミナは感嘆の声をあげた。


レストランまでの道のり、小川の流れる脇の歩道を並んで歩いた。

「ひとつ伺っていいですか？」とミナが聞く。

「どうぞ」優一は殆どその質問を予期していた。そして、それは的中した。

「桂さんは、お独りなんですか？」

「そう、未だ、独り者です」

「だと思いました」

「どうして？」

「だって、私のような若輩者にも壁を感じさせないお人柄、そして軽快なフットワーク」

「もう、四十八、です。ハーバードにいた時、二年くらい、米国人の女性と一緒に暮らしていました。しかし、うまく行かなくて、結局、帰国前に別れました。帰ってからは仕事に夢中で、結婚の機会を逸してしまいました。今後も恐らく独りです。まあ、それで、とくに不自由ということはないし……」

「私は桂さんの丁度半分、二十四歳です。この二年間、マイケルというカナダ人の同級生とお付き合いしていました。しかし一カ月前、そのマイケルから、自分はゲイだと告白されて、別れました。私は同性愛とか、性的マイノリティの人について、頭ではわかっているつもりでしたが、自分の愛する人がそうだったなんて、思いも寄らなくて。まだ別れてから時間がたっていないので、立ち直れていないのです。マイケルのことは今でも好きですし、尊敬もしています。でも、私も結婚はしないと思います。結婚よりも、やりたいことがあるし……」

「やりたいことって？」

「アフリカかどこかで途上国のお手伝いする仕事をしたいと思っています。NGOか国連機関で」

「そうですか、正池さんのように大きな夢を持っているというのは素晴らしい」

腕を組んで歩いているフランス人らしい老夫婦とすれ違った。「ボンソワー」と短く挨拶を交わす。ミナが言った。

「いい雰囲気のご夫婦ね、あの……私も腕を組ませて頂いていいですか？」とミナが聞いた。「ここではそのほうが自然な感じがして」

「もちろん！」体を寄せ合って二人は腕を組んだ。「どう見ても父親と娘にしか見えないでしょうが」

ミナは曖昧に微笑んだ。そして彼女は言った。

「ね、私のことは、ミナと呼んで下さい」ファーストネームで呼んでいいというのは、それだけ彼女が自分のことを親しい知り合いとして受け入れてくれることだ。

「そうですか、では、ミナさん」

「いえ、ミナ、だけにして下さい。でないと、周りの『みなさん』が一斉に返事しそう」

「そうだね、じゃ、ミナ……なんかちょっと照れくさいね」

「いえ、すぐ慣れます」とミナは微笑んだ。


そのレストランは旧市街のはずれ、落ち着いた格調高い建物が建ち並ぶ一角にあった。壁に「シャルルマーニュ」という名が刻まれている。テーブルの数が十二ほどの、小さなレストランだが、中世の家の中にいるような独特の雰囲気がある。二人はコーナーのテーブル席に着いた。蠟燭の火にミナの輝くような横顔が映える。

カール大帝のような立派な顎鬚（あごひげ）のソムリエが、ワインリストを渡してくれた。

「昼に飲んだバーデン・ワインがイマイチだったから、ちゃんとしたワインを飲みたいね」と優一が言う。

「私、大学時代にワインショップでアルバイトをしていて、ソムリエ協会がやっているワイン・エキスパートの試験にも合格したんですよ。だから、ワインについてはちょっと詳しいんです」とミナは自慢した。

「それは、心強い。ワイン選びはミナさんに、いやミナに、任せよう」

「では、やはり、このレストランの名に因んで、コルトン・シャルルマーニュかしら。言い伝えによると、ですね」とミナは微笑んだ。「その昔――九世紀頃のことですが――、カール大帝は領土内に多くの葡萄畑を所有していたのですが、とくにシャルルマーニュの畑が一番好きだったようです。ある夜、酔っ払った皇帝は赤ワインを自慢の髭にこぼしてしまいました。赤く染まった髭をみた一人の美女が『赤毛の馬の尻尾みたい！』とからかいました。それに傷ついた皇帝は烈火のごとく怒り、赤ワインに八つ当たりして『二度とわが葡萄畑で赤ワインをつくること、まかりならぬ、白ワインのみにせよ』と命じました。こうして、シャルルマーニュの二つある特級畑の一つ『コルトン・シャルルマーニュ』で、白ワインが作られるようになったということです。以上、正池ミナのワイン講座でした！」

「なるほど、素晴らしい講義だ。ぜひ、その白ワインを頼もう」

ソムリエによると「パトリック・ジャヴィリエ・コルトン・シャルルマーニュ二〇〇一」という白ワインがお勧めだという。彼が言うには、一九九五年ヴィンテージのこのワインは、完璧な白ワインだと評判なのだそうだ。優一は迷わずそれに決めた。

前菜、スープ、魚料理、鴨の肉料理と進んでいく中で、コルトン・シャルルマーニュの効果はミナにも顕著になってきたように思われる。ミナは光り輝いていた。情感豊かで話は知的な香りに満たされている。彼女の圧倒的な魅力に、優一は否応なくのみこまれていく思いだ。

レストランを出たのは、すでに十一時半を過ぎていた。来た時と同じように腕を組んだ。このままミナと別れてしまうのは、いかにも残念な気がした。ホテルに戻った時、優一はミナに聞いてみた。「もう一日、ここでの滞在を延ばすことはできませんか？　このままお別れするのは、何か、心残りです。よければ、明日、レンタカーを借りて、黒い森(シュバルツバルト)の中をドライブするとか？」優一としては、断られたら、それはそれで仕方がないという気持ちだった。だが、ミナの返事は、優一の期待を裏切らなかった。否、期待以上の返事だった。

「まあ、素敵！　森の中ってどんな感じかしら。是非、連れて行って下さい。桂さんから、もっとお話も伺いたいし……」

「ね、ついでにもう一つ、明日の夜、バーデンバーデンの祝祭劇場で、一緒にオペラを観ませんか?」

「わっ、すごい! ……でも、こんなに甘えてしまっていいのかしら」

「もちろん構いませんよ、では、ホテルの人にチケットを取ってもらっておこう」

明日もミナと一緒に過ごせることになり、優一は、もう、嬉しくてたまらない気持ちだ。

第二章　黒い森

翌日、優一はホテルに手配してもらってメルセデスのスポーツカーを借りた。オープンカーではないが、車の天井にサンルーフがあり、空が見える。二十代の若造ではあるまいし、スポーツカーなど自分には似合わないとは思いつつも、ミナを乗せると、これほど相応しい車はないと思われた。彼女は淡いピンクのレースを使ったチュニックブラウスにジーンズ。助手席に乗り込む彼女は、輝いていた。彼女の長い髪が風に流れるあたりは、本当に絵になっている、と思われた。

南ドイツの初夏は最も美しい季節だ。田園風景は、そのまま絵画のような輝きだ。道路は空(す)いている。車に慣れるまで、優一はスピードを出したり、ゆっくり走ったり、気ままに運転した。

バックミラーに、優一たちの車の後をつけるようについて来る、黒いセダンが映っていて、気になった。昨夜のタクシーの運転手も、黒いセダンのことを心配してくれていた。

ミナに心配をかけないようにと、「ちょっと地図を確認したい」と言って、車を脇に止め、地図を見た。セダンは止まらず、優一たちの車を追い越して行った。単に気のせいだったのかもしれないと思った。

車は次第に深い森の中に入って行った。たしかに「黒い森」と呼ばれるだけあって、昼間でも暗い。

「わあ、やっぱりすごいわ、桂さん。グリム童話の赤頭巾ちゃんとか、三人の小人のお話とか、ヘンゼルとグレーテル、みんなこういう深い森の中の、怖いお話だったのね。この森を見ていなければ、あの童話の背後にある恐ろしさは分からないわ」とミナはいたく感動した様子だ。

黒い森はどこまでも続く。やっと森の中に寂しいレストランを見つけた。そこでのランチの後、再び車に乗り、黒い森の中をゆっくりと走る。

「桂さんは、どんなお仕事をされているのですか？」

ミナが優一の仕事に関心を持ってくれることが嬉しい。

「うん、私の会社はテレビとかパソコンで使われている液晶パネルを作っているんだが、そこの研究開発部門を統括するのが今の私の主な仕事です。私の専門は光学、光の学、です、光見つめて三十年、過ごしてきました」と、白石弁護士の謳い文句を早速使ってみる。

「まあ、素敵！」とミナが歓声をあげる。うん、大成功！

「光学の面白さって、どんなところにあるんですか？」とミナが聞く。

「そうだね、光源から光が伝わってくる過程で、反射したり、屈折したりして生まれる、中間色のグラデーションかな？」

「そうなんですね。私は反対に、小さい時から、白か黒か、味方か敵か、合法か違法か、はっきりしないと気が済まない性格でした。だから法律学が向いているのかもしれません」

「なるほど。君は潔癖なんだ。私などは、いい加減な男だから、白と黒の中間の灰色地帯も悪くないと、つい、思ってしまうよ。やはり、年の差かな？」

「まあ、年の差のことは、忘れて下さい！」ミナは年齢差に触れられることが嫌なようだ。それだけ意識しているということかもしれない。

「あ、そうだったね。ただ……私は今、岐路に立っているような気がしている」と、優一はやや深刻な顔つきで言った。

「文学や法学と違って、私の専門の理工系分野は進歩が速い。私などはもう賞味期限が切れかかっている。あとの人生をどうやって歩んでいくか、早く見つけなければならない時期なんだ。しかし、それがなかなか見つからない」

「なるほど……」

「しかし、一つだけ、昨日、君と出会ってから考え始めたことがある」

「えっ、私と出会ってから？」

「そう、アフリカで何か役立つことをしたいと君が言っていたから、それに触発された」

「まあ、嬉しい」

「それに、私の祖先が生まれ育ったところにも愛着がある」

「リフトヴァレー？」

「そう、そのリフトヴァレーで緑化プロジェクトを推進する」

「わっ、面白そう！　どうやって砂漠を緑化するんですか？」

「うちの会社は太陽光発電パネルも作っている。私のアイデアは、……まだきちんと調べたわけではないけれど、このソーラーパネルを使って発電し、地下水を汲み上げて農地に水を供給する。徐々に湿地帯を広げていくんだ。最近はソーラーパネルも薄く、曲げたり畳んだりできるものも作られているし、植物に必要なだけの太陽光が入るように調節することもできる。下の地面に適度の日陰を作りながら、植物を育てるのさ。どう、この考え？」

「私は技術的なことは分からないけど、素晴らしい発想。なんだか希望が持てそう！　アフリカの問題は基本的には水の問題、アフリカが発展できない理由はひとえに水がないから。内戦や紛争が絶えないのも、水の欠乏が主要な原因なの。水さえ確保できれば、アフリカの問題の大半は解決できると言っても良いくらい」

「そう言ってもらえると嬉しいな。可能性が開けるような気持ちになってきた。五万年前の緑と湿地帯のアフリカを再生させる、そしてこのシュバルツバルト（黒い森）のような、森や林がいっぱい広がる大陸にしたい」

優一は久しぶりに若者のような気持ちになった。こんな高揚感を持つのは何年ぶりのことだろう。体中に「生きている」という感覚が充満してくる。こうして、車の中で話すのも楽しい。

「ね、今度は、君の将来の計画を話して」と優一が聞く。

「ええ、私も迷っているんです」と、ミナは自分の気持ちを説明する。

「ケニアに本部のある国連環境計画ユネップとかロンドンのNGOとか、オファーはあるんだけど、できればもっと大きな仕事をしたいんです。何かしたいのに、どれも、私の情熱を受け止めてくれる目標としては、足りない感じで。もちろん、足りないのは私の実力だということは分かっているのですが、本当は、世界を変えるようなことを、私はしたいんです！」

「世界を変えるような？」優一はびっくりして聞き返した。

「そうです。でも、それが見つからないので、悶々としているのです」

「でも、きっと何か見つかると思うよ」優一は、何の慰みにもならないと思いながら、そう言った。

夕方、二人は「バーデンバーデン祝祭劇場」に来た。祝祭劇場は、公園のほぼ中央に位置するバロック洋式の建物で、夕闇の中で照明に照らされたその姿はまさしく威風堂々としており、歴史を感じさせる。七時半の開演だ。

この日の演目は、シェイクスピアの『ハムレット』をオペラにしたものだった。『ハムレット』は父親殺しの仇を打つという凄惨な物語なので、予約の時、優一はやや躊躇した。彼としては、『ロミオとジュリエット』のような、もっとロマンチックなものが良いと思ったのだが、どうしようもない。

しかし、実際に観てみると、厳かなオーケストラの演奏が圧倒的で、序奏を聞いただけで、来て良かったと思った。劇中、オフィーリアを演じた女性歌手のソプラノが素晴らしく、魅了された。そもそも、このオペラは演出が際立っていた。原作通りではあるが、ここではプロットが単純化され、オフィーリアを中心に構成されていた。

ハムレットは父親を毒殺されて、王位を叔父（父の弟）に奪われ、ハムレットの母親は叔父の妻となっている。二人が共謀してハムレットの父王を殺害したに違いないと、考えざるを得ない。父王の亡霊からも、その真相を確認できた。現王とその王妃の陰謀を暴くため、ハムレットは狂気を装う。

オフィーリアは慎み深い少女で、デンマーク王国の後継者・ハムレット王子の許嫁（いいなずけ）だが、ハムレットの様子が最近おかしいことに心を痛めている。純情・無垢なオフィーリアに向かって、ハムレットが「尼寺（売春宿）に行くがいい！」などと心ない言葉を投げつける場面では、観客は、深く傷つくオフィーリアに同情して、一斉に溜め息を漏らした。

オフィーリアの父親、侍従長・ボローニアスは、ハムレットの狂人ぶりを、娘オフィーリアとの実らぬ恋のためではないかと憂慮する。ハムレットと王妃との会話を盗み聞きするため、ボローニアスは王妃の了解を得て、壁掛けの後ろに隠れる。ハムレットは、盗み聞きしているのは現王だと思い、誤って、ボローニアスを、壁掛け越しに刺し殺してしまう。そのとき客席からは、「オー・ノー！」という悲鳴が渦巻いた。

オフィーリアは父を亡くした悲嘆と絶望の末、狂ってしまう。そして川で溺れて死んでしまうのだ。オフィーリアの清純さとその美しさが、度重なるその悲しみと共に、最後まで、見事に強調されていた。観客は彼女と一体化してその悲哀の運命に涙していた。

オフィーリアの兄・レアティーズは、国王と王妃の前で、ハムレットに決闘を挑む。両者ともかすり傷だったが、剣先に塗られていた毒のため、二人とも死んでいく。王妃は毒杯と知らずに酒を飲んで死ぬ。ハムレットはその死の直前、国王を殺して父の仇を討つ。ハムレットは親友・ホレーシオに、事の顛末を後世に語り伝えてくれるように頼み、この世を去る。古今東西、これ以上に悲劇的な物語はないだろう。

ミナは公演中、ずっと優一の腕を掴んで離さなかった。彼女の鼓動と息づかいから、ミナの感情の起伏が、そのまま優一に伝わってきた。オペラが終わった後、ミナは感動を抑えることができない様子で、しばらくは立ち上がることさえできなかった。

ホテルに帰るまで、ミナは一言も話さなかった。優一も強いて話そうとしなかった。ロビーに着いた時、二人はほとんど同時に、ほとんど同じことを、言った。

「ね、もう一日、一緒にいたい」二人は顔を見合わせ、この夜、はじめて微笑み合う。

「明日は、どこへ行こうか？」

「できれば、ハイデルベルクに行きたいの」

「うん、それはいい。明日はハイデルベルクに行こう！」

＊

翌日、再び同じスポーツカーを借りた。この日のミナは、ノースリーブのニットにミニスカートという目を見張るような出で立ちだ。豊かな胸が惜しげもなくそのままの形で強調されている。優一はドアを開けてミナを助手席に座らせた。スラリとしたミナの両脚が眩しい。

優一の心理状態が運転にも表れるのか、アウトバーンA五号線に出ると、時速百六十キロを超える猛烈なスピードで飛ばした。ドイツの高速道路にはスピード制限というものがない。さすがメルセデスのスポーツカーだけあって、どんな速さでも安定して走り続けている。

今朝も、優一たちの車の後をつけているような黒いセダンがバックミラーに映る。昨日と同じ車だろうか？　だが、一体、何のために、ついてくるのか？　優一がスピードをあげたせいか、そのうち、見えなくなった。

ハイデルベルクに着く。まず、ハイデルベルク大学のキャンパスを見る。十四世紀に創設されたドイツ最古の大学だ。古い建物が、その歴史を誇るように威風を放っている。

「ここは、石を投げればノーベル賞学者に当たるというくらい、多くの立派な教授たちが教えている」

「そうですよね、いつかここで勉強できたらいいな」とミナは溜め息をついた。

「そして、『アルト・ハイデルベルク』みたいに、白馬に乗った王子様と巡り会えれば、言うことないよね」優一が軽口をたたく。

「私には、もう、スポーツカーに乗った王様がいます！」そう言うとミナは優一と腕を組んで、体を寄せた。

「白馬じゃなく、レンタカーで、ごめんね」そう自分を茶化しながらも、優一は有頂天な気分だ。

そのあと、二人はずっと腕を組んで歩いた。

有名な古城を見た後、哲学者の道を散策して、昼過ぎ、ネッカー川岸の小高い丘の上に立つ小さなレストランで、長い昼食をとる。

その店から出て駐車場に向かおうとしたところで、急に夕立のような雨が降ってきた。食事をしている間に、いつの間にか空は黒雲に覆われていた。濡れまいと、二人とも車に向かって突進した。車に戻った途端、土砂降りの大雨になった。まさにゲリラ豪雨というに相応しく、大粒の雨が機関銃のように車体を叩きつけた。

「すんでのところで、びしょ濡れになるところでしたね」とミナは身をすくめている。

「いやあ、すごい雨だね……」と優一はつぶやいた。「でも、すぐにやむだろう、少し、やむのを待とう。それとも、やはり出発しようか……」

優一は車のエンジンをかけ、一旦は発進したのだが、こんな時に運転するのは危険と考え直し、ぐるりと大回りして、もとの場所に引き返した。その時、黒いセダンが駐車場の端で急発進し、スリップしながら走り去っていくのが見えた。誰かを追っているのか、急いでいるようだった。

雨はさらに激しくなった。それこそバケツをひっくり返すような強い雨。駐車場にはもう人影はなかった。

突然、閃光が空を裂き、頭上で「ドドッー」と雷が轟いた。

「キャーッ、こわい！」空爆のような雷鳴に、ミナは悲鳴を上げた。優一はミナの肩を抱いた。ミナは体を寄せて、優一に抱きついた。優一は腕を回しミナの背中を優しくなでた。ミナの体が小刻みに震えているのが伝わってきた。ずっとそのままミナを抱きしめていた。

雷の時、大木の下は避ける、というのが鉄則である。今、自分たちは、大きな楡の木の下にいる。ここは危険な場所かもしれないと思った。しかし、他方、何故か、雷が落ちても構わないという気さえしていた。ミナを抱きしめたまま、落雷で黒焦げになっても、それはそれで納得できる、といった感覚だった。

しかし、やっと雷が遠ざかった時は、やはり安堵した。危機を乗り切ったという満足感。幸せな気持ちに満たされて、優一はミナの唇にキスをした。一瞬の短く浅いキス、甘く柔らかいミナの唇の感触が伝わった。

「雷は遠のいたようだね」と優一は、ことさら何事もなかったように、言った。

ところがミナはそれには答えず、突然、優一に蔽いかぶさるように体を預けてきた。優一は驚いて、ミナの細い体を受け止めた。

「キスして！」ミナの舌が差し込まれた。ミナの舌はとろけるようだった。口の中で濃密に絡み合い、重ね合わされて、二人の舌が一つになったような感覚だった。心臓が早鐘を打つ。狂おしく、息苦しく、何が何だか分からなくなった。ミナの乳房が優一の胸に押し付けられている。

「優一さんが好き！　好きだったの、こうして欲しかったの！」と、ミナはかすれた声で言った。

「君が欲しい！」優一は再びミナの唇を奪い、舌を絡ませた。

そして、その時、二人の間のダムが決壊した。狭いスポーツカーの中で、二人の激しい息使いが交差した。雨が滝のように叩きつける車内で、ミナは体を開いた。雨の代わりに今度は雹が降ってきた。車のサンルーフに氷の破片が突き刺さるように落ちてきた。

そのまま二人は、長い間、動かなかった。大波にさらわれて浮遊しているような、世界が遠ざかっていくような感じだった。


いつのまにか、雨がやんでいた。楡の木の葉から、時折、余滴がポタリ、ポタリと車のサンルーフに落ちて撥ねた。周りを静寂が支配していた。

あのゲリラ豪雨がまるで嘘のようだった。雨が降り出した時も突然だったが、降りやんで黒雲が消え、青空に陽がさすのも、あっという間だった。

車の外に出たミナが、彼方を指さして叫んだ。

「見て、虹よ！　こんなきれいな虹を見るの、初めて」優一も外に出た。ネッカー川の向こうに広がる平原に、殆ど完全に半円の大きな虹が、輝いていた。

「私たちを祝福するために、神様が用意して下さった贈り物みたい……」とミナの声は感動で震えていた。優一も、この景色だけは決して忘れないようしっかりと眼に焼き付けておきたいと思いながら虹を眺めた。

＊

ハイデルベルクから戻り、ホテルの玄関で車から降りた時、小さな事件が起こった。そこで二人の男と鉢合わせになり、ミナの顔が蒼白になった。明らかに狼狽した表情だ。優一はミナの異変にびっくりした。二人の男たちはミナに気づかないふりをして通り過ぎようとした、少なくとも優一にはそう見えた。

ところが、ミナが男たちの背中に向かって叫んだ。「マイケル！　ど、どうして貴方がこんなところに！」

ああ、これがミナの同級生だったというマイケルなんだ、と優一は思った。細くて背の高い、神経質そうな青年だな、というのが優一の第一印象だ。しかしなぜ、その男がバーデンバーデンにいるのだ？

男は、振り返り、仕方なさそうにミナに近づいて、困ったような表情で、応えた。

「ミナ、元気そうだね。僕も、友達と一緒に旅行中なんだ」その友達というのは、見るからにイスラム系の屈強な男だ。彼は離れたところにとどまったまま、無愛想に、というか、何か敵意の目でミナを見ているような気がして、気味が悪い。

「そうなの……でもびっくりしたわ」

「ロンドンには行くんだろう」

「ええ、そのつもりよ。でも、もう貴方に会うことは、ないと思うわ、私たち、もう別れたんだから！」キッパリとそう言うと、ミナはさっさとホテルの中に入った。

　こんな厳しい表情のミナを見るのは初めてだ。マイケルという男は、ミナに「貴方とはもう会わない」とはっきり宣告されて、少なからずショックを受けたようだ。ちらっと優一に目をやったあと、所在なさそうに友達のところに戻って行った。友人というそのイスラム系の男が、マイケルを難詰しているように見えた。

「あの二人には、どこかで会ったような気がする……どこだったか……」優一は記憶の糸をたどりながら、何とか思い出そうとした。「そうだ！　ハイデルベルクのレストランの駐車場だ、豪雨の中、黒いセダンを急発進させて出て行った、あの二人だ！　ああ、あのセダンは、ミナを追っていたのか」

　優一は、ミナの後を追うように、ホテルに入った。ロビーのソファーに座って、ミナは顔を覆っていた。

「あれが君の付き合っていたマイケルなんだね？」と優一は聞いた。

「そうなの、でも、なぜ彼がこの街にいるの？　まさか、私の後をつけてきたというわけではないわよね、何か気持ち悪い」

「いや、後をつけていたのかもしれないね。偶然かも、あるいは別人かもしれないけれど、ハイデルベルクであの二人を見たような気がする。僕が車を発進させたあと、あの二人は、われわれの後を追うかのように急発進して行った」

「今回の旅行も最初はマイケルと一緒に来るつもりだったから、三カ月くらい前に、一緒に計画を立てたの。だから彼は、私の旅程を大体知っているのよ、ハイデルベルクも一緒に見に行く予定だったから」

「しかし、まあ彼も、男の友達と一緒だったから、もう君との関係は解消したんじゃないかな……」と優一はミナを安心させるように言った。

「そうね」

「何れにしても、マイケルのことは君が前もって僕に説明してくれていたから、僕は動揺しないで済んだ」

「私はまだ動揺がおさまらないの。ごめんなさい」

「大丈夫？」と優一はミナの顔を見る。

「ええ、もう大丈夫」

「じゃ、僕の部屋で三十分後に。四階の四十八号室だからね」

「はい、あとで」とミナは答えた。

俺はミナと出会い、ミナを愛してしまったのだ。ミナが来てくれたなら、そのミナを愛し続ける。世界全体を敵に回すことになっても、構わない。ミナが行くというなら、地獄の業火の中に入ることも、厭わない。ミナの全てを受け容れる。優一はそう心に決めて、ミナを待った。

第三章　愛の記憶

ミナはきっかり三十分後、優一の部屋に来た。「ピン・ポーン」とドアベルが鳴った時、これで自分の運命は決まった、と優一は思った。何が起ころうとも、俺はミナを守る、と誓った。人生で、初めて、悲壮な決意をする思いだった。

優一はミナを抱きしめ、熱いキスを交わした。何故か涙が止まらなかった。ミナも泣いていた。柔らかいミナの体の感覚が全身に伝わってきた。ソファーの上で再び熱い抱擁をする。

「気分はどう、大丈夫？」

「ええ、もう大丈夫です。ごめんなさい、マイケルが目の前に現れて、私、混乱してしまって。でも、すごく不安、貴方に抱きしめていて欲しいの」

「もちろん、ずっと君を抱いている。どんなことがあっても、僕は君を守り、君を愛し続ける」

「うれしい！　私も貴方についていきます、どこまでも。もうみんな忘れさせて、私を完全に貴方のものにして！」

「もちろん、そのつもりだ」

二人はソファーから立ち上がった。心臓が激しく動いているのが自分でも判る。

「脱がせて」とミナが耳元で囁く。

優一がミナの両肩の紐を解くと、ワンピースはスルスルッとミナの足許に落ちた。優一の目の前に、一糸まとわぬミナの輝くような肉体が露わとなった。ワンピースの下には何も着ていなかったのだ。優一は感極まったように叫んだ。

「君は、なんて綺麗なんだ！」

「下着は着けないで来たの。私の覚悟を示すために、貴方に対しても、そして自分自身に対しても」

優一はミナの体を抱き上げると、寝室のベッドに寝かせた。ベッドルームの柔らかい光の下で、ミナの白い体が浮かび上がる。二人とも再び強い興奮を覚えていた。

二人で宇宙を遊泳しているような感覚だった。ミナから体を離したあとも、優一はミナの手を握り続けていた。手を離すと、ミナが遠くに飛ばされて行ってしまうように思えたからだ。ミナはまだ荒く大きな息をしていた。優一はミナの額にキスした。ミナは眼を細く開いて、微笑んだ。

「地球が動いたという感じ？」

「ううん、もっと大きな……大宇宙が大揺れに揺れた感じ。ビッグバンのような」とミナは答え、「あなたは？」と聞いた。

「僕は、そう、ブラックホールに落ち込んだような……」

「ブラックホール？」

「そう、宇宙船がきりもみ状態で吸い込まれていくような感覚だった。ブラックホールというのは、質量が高くて、光さえも抜け出られない、時間も止まってしまうという、何ていうか……深い、深い……宇宙の穴倉のようなもの」

「まあ！　でも、とてもぴったりの表現ですこと、私は『宇宙の穴倉』なのね」そう言ってミナはクスッと笑った。


果てた後の安らぎの中で、ミナが言った。

「ありがとう優一さん、これで私は本当に貴方に守られているという気がします。ね、優一さん、今夜はいっぱい抱いて下さい、何回も、何回も、してほしいの」

「嬉しいな、そう言ってもらえて。もう死んでもいいくらい嬉しい」

「死んじゃ、いや。抱いてもらえなくなるもの」

「そうだね、生きて、いっぱい、抱き合おう。しかしそれにしても、おなかがすいたね、ルームサービスを取ろうか」

「ええ、そうしましょう。食べてはして、しては食べて！」

ミナの言葉を聞いて、優一は思わず笑った。

「まっ、優一さんに笑われてしまったわ、私、はしたないこと言って、恥ずかしい」

「いや、そうじゃなくて……ミナがその、テロリストでなくて良かった、と思ったものだから」

「ま、なにそれ？」

「いや、言い間違えた、テロリストじゃなくて、エロリスト、ミナはエロスの女神だから。正確にはエロシストっていうのかな」と、やや苦しい言い訳だ。

「まっ、光栄だわ！」ミナは屈託なく笑った。

だが、次の瞬間、ミナは急に真面目な顔つきで、真正面から優一に向き直った。彼の目をじっと見据えながら、問いただすように、彼女は聞いた。

「ね、もし、私がテロリストだったら、優一さんはどうするの？　警察に通報する？」

優一は、自分の心の内を見透かされたような気がして、一瞬、狼狽した。だが、断固として言った。

「君がテロリストだろうとなかろうと、君を愛している。本当だ」

「ありがとう。だったら、優一さんには、本当のことを言います」

「えっ？」優一は身構えるように、ミナの顔を見た。

彼女は表情を変えることなく、ゆっくりとした口調で、静かに言った。

「私はテロリストではありません。優一さんに夢中なエロシストです！」

優一はミナを強く抱きしめた。


二人はあと二日間、このホテルでの滞在を延ばすことにして、フロントに連絡した。三十分ほどで、ステーキ・ディナーが赤ワインと一緒に運ばれて、リビングルームのテーブルの上に置かれた。ボーイが出て行ったあと、ミナは寝室からガウンを羽織って出てきた。

ワインは、「シャトー・ラ・ミッション・オー・ブリオン」。力強く男性的な味わい、一滴口にしただけで官能をくすぐられる感じがする。

「優一さんも相当のワイン・エキスパートね、今この時に最も相応しいワインだわ」

「いや、適当に選んだだけなんだが」

「この赤ワインは、エロスを刺激するような効果を期待して作られたとも言われている、ちょっと悪魔的なワインなのよ、エロシストにぴったり」

二人ともビーフステーキとワインを堪能した。途中で何度も抱き合った。デザートも平らげて、トレイを廊下に出すと、優一はミナのガウンを剝ぎ取り、裸にした。シャトー・ラ・ミッションのせいで、ミナのからだ全体が紅潮している。たしかに官能的で悪魔的な赤ワインだ。飲めば飲むほど美味しく味わえる。そして、飲めば飲むほど、容赦なく体の底から熱い血が突きあげてくる。

「ね、先輩、一緒にお風呂に入りません？　お互い、過去を洗い流して、新しく出直すために」

「うんいいね、後輩」

「そして、もう一度、私を宇宙に連れて行って下さる？　今度はバスタブの中で。なにか、私ばかりがおねだりしているみたいで、恥ずかしい」

「そんなことないよ、もちろん、何度でも、君を宇宙に連れて行こう！」

ミナはバスタブに湯を満たしてから優一を呼び入れる。大きなバスタブ、二人で一緒に入ってもゆとりがある。

優一は裸のミナの体を見ながら、左の腰の辺りに、サクランボのような紅い痣(あざ)があることに気付いた。

「このアザ、かわいいね」

「紅いアザって、珍しいでしょ。私の『認識マーク』なの」

「じゃ、忘れないようにしよう。ミナかどうか分からなくなっても、このマークを確認すれば良いわけだ、マークがなかったら、ミナのニセモノということだね」優一はその痣にキスをした。

「わあ！　こそばゆい！」とミナが悲鳴を上げる。

バスタブの湯を流し、上からシャワーをかける。優一はバスタブの中に座ってミナを自分の腰の上にのせた。ミナは優一を自分の中に入れる。両腕で彼の肩につかまり、ゆっくりと動き始めた。

二人は全エネルギーを燃焼させ、ロケットはブースター段階、重力に逆らってゆっくりと、しかし力強く上昇していった。しばらくして、静かな水平飛行。やがて下降段階に入ると、弾頭は引力の何倍かの速度で地上に落下し、最後は爆発・大炎上。切り離されたロケットの残骸は、無重力状態になって、宇宙空間を浮遊しはじめる。

次の日の朝食後、優一はミナに言った。

「このあと街を散歩しようか。君のワンピースを汚してしまったね。いいブティックが沢山あったから、何か君のドレスを買おう、君が着るドレスを選ばせて欲しい」

三軒のブティックを回って、ミナは五、六着のワンピースやドレスを試着した。ミナは何を着てもよく似合った。ミナが「このドレス、どうかしら」と聞くたびに、優一は彼女がそれを脱いだ時の姿を想像していた。ミナは考えたあげく、三着を買うことにした。優一が支払いをしようとすると、ミナは「それは困る」と言った。結局、半分ずつ負担することで渋々妥協した。


その夜は、ベル・エポクのレストランで食事をすることにしていた。泊まっているホテルのレストランで食事をしないのは義理を欠くのではないかと考えたからだ。

夕食の前、ミナは着替えて優一のスイートに降りて来た。

「少しは眠れた？」

「ええ、爆睡したわ、ミナは立ち直りが早いの」

ミナは今朝言われたように、腕を回して優一に抱きつき、腰を押し付け、足を回して、素直に欲望を表した。

「そう、こうしてくれると嬉しい」

「わたしも、こうせずにはいられないの」

その時だった。

突然、ドアを激しく叩く音がした。そして「警察だ、ドアを開けろ！」とドイツ語の切迫した命令口調だ。ミナはびっくりして、優一から離れた。

「何事？」優一が急いでドアを開けると、拳銃を手にした五、六人の警察官が、一挙になだれ込んできた。何人かは自動小銃を構えている。優一は咄嗟にミナを護った。警官隊の目当てがミナでないことは確かなようだ。そのうちの二人の警官が、奥の寝室に突進し、クローゼットや洗面所に誰かいないか捜索している。まるで、映画のシーンのようだ。だが、何が何だか分からない。

奥に入っていった二人の警官が戻ってきて、上司に向かって首を横に振った。最初は驚いて口もきけず、呆然と見ているだけだったが、優一もやっと正気を取り戻した。

「何をしているんです？」と英語で聞いた。彼としては精一杯の抗議だった。ドイツ語で言葉を交わす警官たちの間で、「何かおかしい、自分たちの間違いだったかもしれない」という雰囲気が見て取れた。上司が部下の一人に「話が違うじゃないか」と難詰している様子。警官たちの態度が急に丁寧になった。

その時、警官たちの後ろから日本人の若い男が現れた。

「済みません、私は在フランクフルト総領事館の神谷と申します。こちらの警察署長に依頼されて捜査に協力しています」

「こんな乱暴な捜査は聞いたことがない！」と優一は怒りを込めて神谷事務官に言った。

「まるでナチスのようじゃないか」

神谷事務官は優一の言ったことを署長に通訳した。署長には、優一の「ナチスのよう」という言葉がグサッときたようだ。

「捜索令状はここにある。法に基づいて捜査活動を行っている」と署長は言った。

「令状があるのなら、まずこの部屋の宿泊者である私に見せなければいけないんじゃないか？」と優一は抗議した。

「ホテルのマネージャーには見せた」と署長は弁解し、「捜査に協力願いたい」と言った。

「協力するが、まず礼儀知らずの君の部下たちをこの部屋から退去させるべきだろう」と優一は憤慨した調子で言った。神谷がそれを署長のために訳した。署長は他人から指示を受けたような形になったことに不快そうだったが、部下たちに合図して退去させた。彼の部下一人と神谷事務官が残った。

ミナは青い顔をして震えている。優一は彼女をソファーに座らせた。

署長は言った。

「われわれは二人のアラブの男を追っている。テロリストだ」

「そんな男たちのことは知らない」と優一はぶっきらぼうに答えた。「その男たちがこの部屋にいるとでも思ったのか？　ばかばかしい！」

「その可能性はあるかもしれないと考えた、そういう情報があったからだ」

「なぜ、そんな奇妙なことを考えたんだ？　見ての通り、誰もいない。お引き取り願おう。われわれはわざわざ日本から来て休暇を楽しんでいる旅行者だ。せっかくの休暇が、台無しだ」優一は怒っていた。怒りが収まらなかった。自分一人だったら、もっと冷静に対応しただろう。しかしミナが一緒だった。この乱暴な捜索劇が彼女に強いショックを与えたことが許せなかった。

ホテルの支配人らしい人物が、「本当に申し訳ありませんでした」と優一に謝り、警察署長に、退去するよう要請しながら「だから言ったでしょう」といった感じで難詰している。こういうことがあると、ホテルとしても大きな痛手を被ることになるのは目に見えている。

その時、署長に無線が入った。どうやら、他のホテルに急行せよとの指示のようだった。署長は廊下にいた部下に命令し、一斉に飛び出して行った。

「何かの手違いだったようです。ご迷惑をおかけしました」と神谷事務官が言った。優一は支配人に言った。

「もう、このホテルには居たくないので、別の、そうだな、近くのパークホテルに移りたいのだが、スイートとシングルの部屋が空いているかどうか聞いてくれないか」

「はい、直ちに！」客に迷惑をかけた以上、支配人は、何でも優一の言うとおりにするという態度だ。「すぐに調べてご連絡します」

ミナはまだ青白い顔色だったが、だんだんと落ち着いてきていた。優一は彼女のためにグラスに水を入れて差し出した。その水を飲むとミナはやっと口を開いた。

「ああ、びっくりした……でも、もう大丈夫」

五分も経たないうちに、支配人から連絡があった。部屋は確保したとのこと、ホテル側で荷物は全部運んでおくので、貴重品だけ持って、夕食に向かってほしい、と至れり尽くせりだ。

「ああ、そうだ、われわれは夕食に行こうとしていたんだ」

二人はやっと現実に戻ったように顔を見合わせた。

レストランに降りたが、さすがに二人とも食欲は萎えていた。食事中も、先ほどのショックが消えない。

「こういう時は、何か強いワインが飲みたいね」と優一が言う。

「そうね、あっ、そうだ、こういう時は、ハンガリーの『牡牛の血』、ビカ・ヴェールというワインがいいかも」

「牡牛の血？」

「そう、むかし一六世紀に、ハンガリーがオスマントルコに攻められたの、その時、エゲルの領主が兵士たちにこの赤ワインを振る舞ったそうよ。兵士たちは口元を赤く染めながら、勇猛果敢に戦ったので、トルコ兵は、彼らが牛の血を飲んで戦っていると恐れ、退散したというお話。試してみる？」

「うん、是非」

たしかに、ビカ・ヴェールは、粗野だが濃い味の赤ワインで、いかにも力が付きそうな味わいがする。

「それにしても、どうして警察は、私の部屋にテロリストがいると疑ったのだろうね、慎重な捜査で知られるドイツの警察なのに、不思議だなあ。警察にもそれなりに切迫した事情があったのだろうね」

「そうよね、でも署長は『二人のアラブの男』と言っていませんでした？」

「うん、そう言っていた」

「その二人というのは、ひょっとして、マイケルとあの友人のこと……じゃないですよね」とミナが声をひそめる。

「まさか！　マイケルがテロリストなんて、一番ありえないことだよ」

「そうね、大体、テロリストというレッテルを貼るのは、いつも権力をもった国家の側よ。みんな、普通の人たちよ。恋もすれば結婚もする普通の若者たちよ」

「確かに、幕末の勤皇の志士たちだって旧幕府から見ればテロリストだったし……中国革命の英雄もアフリカ独立の闘士も、以前はテロリストだった。米国建国の父・ジョージ・ワシントンだって、英国から見ればテロリストの親玉だったんだよね。権力奪取に成功すれば英雄、失敗すればテロリスト。……いや、ちょっとこれは乱暴な議論かな」

「いえ、その通りよ、いずれにしても、マイケルはテロリストではない。でも、もうマイケルのことは、私には関係ないから、もう彼のことは忘れます」

「そうだね、今は僕だけに集中して！」

「そう、ミナは優一さんだけに夢中！」

夕食後、新しいパークホテルに移る。ベル・エポクの支配人は、迷惑をかけたからと、二人の宿泊代を三割も安くしてくれた。食事をしている間に、ホテルの従業員がそれぞれの部屋に荷物を運びこみ、衣服はクローゼットにかけてあったから、元の部屋に戻ったかのような感覚だった。

部屋に入るとミナは、ハンドバッグから口紅を取り出して、唇の周りを真っ赤にした。優一はミナの顔を見て、ギョッとした。

「おっ、牡牛の血だ！　恐ろしい！　戦闘モードに入ったんだね」その言葉を待たず、ミナは優一の唇に長いキスをした。優一の唇の周りも真っ赤になった。

「そうよ……今夜は、二人とも、死に物狂いで、切り結ぶのよ！」

戦端の幕が切って落とされた。二人は、これまでにない激しさで、力尽きるまで、戦い続けた。


夜半、さすがにミナは疲れたからと、今夜は自分の部屋に戻り、明日朝もずっと寝ていたいからと、昼食時に会うことにした。優一も、すぐに眠った。だが、夜明け前に、ドアを壊して侵入してくる警官隊の悪夢をみて、目を覚ました。ミナが手錠をかけられ、連行されていく。最悪だったのは、それを優一が、ぼんやりと他人事のように見ているだけというシーンだ。目が覚めた後の自己嫌悪。結局、優一も、昼近くまで、ベッドにいた。

*

次の日の昼前、二人はハイヤーを頼み、コンシェルジュの勧めで、ムルク川の畔にあるレストランに連れて行ってもらうことにした。昨日の騒ぎで、優一もさすがに今日は車を運転する気にならなかったのだ。車はシュバルツバルト（黒い森）の中を走る。毎日ルートが違うので、見る景色も違う。

はじめ、ミナの表情は曇っていた。話題も湿った内容だった。昨日のことは、彼女にとっては、さすがにショックだったのだろう。だが、バーデンバーデンを離れるにしたがって、だんだん爽快な気分になってきた。ミナも、いつもの明るさを徐々に取り戻してきた。今日のミナは、丈の短い鮮やかなイエローのカシュクールワンピース。気分を変えたいというミナの気持ちが窺える。

やっとムルク川畔の静かなレストランに着いて、そこで昼食をとることにする。運転手には三時間後に戻ってきてもらうよう頼んだ。

ペルシュという川魚がこのレストランのお勧めということだったので、二人ともそれを頼んだ。さっぱりしたサラダが添えられている。ワインリストからミナが選んだのは、「エスト・エスト・エスト」。

「これを飲むと、ご承知かもしれないが、命を落とすかもしれませんよ。いいですか？」

とウエイターが笑いながら聞く。

「ええ、私たち、死にたいくらい幸せなの」とミナも笑って答える。

「それなら私も止めないよ」とウエイターは引き下がった。

「死ぬかもしれないって、どういうこと？」と、優一は合点がいかない。

「それはね」と、ミナがワインの由来を説明する。「その昔、西暦一一一一年、覚えやすいでしょ。その年、アウブスブルク大僧正に仕える騎士フッガーは、ローマに向けて旅行中、従者マルティンを先行させて、美味しいワインのある居酒屋の壁にエストと書かせたの。エストというのは、ラテン語で『ある』という意味、この店に美味しいワインがあるぞという意味なのね。フッガーは、そのエストの印が付けられた店で飲みながらローマに向けて南下していったの」

「ふーん、余程のワイン好きだったんだね」

「そうなの。で、マルティンは、ローマの手前のモンテフィアスコーネ村で素晴らしい白ワインと出会って感激、壁に『エスト・エスト・エスト』と三回重ねて書いておいたの。翌日それを見た騎士フッガーも虜（とりこ）になって、その居酒屋で飲みすぎてしまい、結局は頓死してしまったということ。マルティンはいつまで経っても主人がローマに着かないので、もと来た道を戻ってきて、フッガーの死を知ったという……ま、それほど美味しいワインだというお話」ワインの説明をしているときのミナは、いつも生き生きとしている。いつものミナが段々と戻ってきている。

「なるほど、でも、本当の話かな？」

「ええ、今でも村の教会にマルティンが立てたというフッガーのお墓があるそうよ。そこには、『あまりにも多くのエストのために、わが主人はここで亡くなった』と記されているとか」

「なるほど、それで死ぬかもしれないと警告されたわけか」

「そう、だから飲みすぎないでね」

「しかし、死にたいくらい幸せなのは、僕も同じだ」

「嬉しい！」とミナは優一の頬にキスした。

タイミングよく、エスト・エスト・エストが運ばれてきた。きれいな麦わら色の気さくなテーブルワインだ。

「ぴちぴちした感じでしょう？」とミナ。

「うん、何か、すがすがしい味だね。ミナのイメージにピッタリだ」

「ま、嬉しい！」

ランチの後、二人だけで森の中に入った。

「本当に静かだね、誰もいない……」鳥の囀る声と風に木の枝が触れ合う音しか聞こえない。

「ほんとうね」ミナは優一に寄りかかってキスした。優一はミナを力一杯抱きしめた。先ほどのエスト・エスト・エストの効果がてきめんに現れてきて、体が燃えるように熱かった。

「騎士フッガーが、あのワインを飲みすぎて頓死したというのも分かる気がするね」

「そうね、後から効いてくるワインね。何だかちょっと狂おしい気分……」ミナが燃えるような瞳で優一を見詰める。

「さっき、車の中で優一さん、私の体に火をつけたでしょう」

「えっ、そんなこと、したっけ?」

「ランチしてる間も、その火が消えないで、ずっとちょろちょろ、燃え続けていたのよ。私、乱れてはいけないと、ずっと抑えていたの。だから、不完全燃焼なの」

「じゃ、どうしたらいいの?」

「ちゃんと完結してほしいの」

「わかった、じゃ、この森の奥で、責任を果たそう」

原始の時代に戻ったように、二人はお互いを求め合った。草の上を転げ回りながら、野獣が吠え、野鳥が鳴き叫ぶように、奪い合った。それは命をやりとりする闘いのような激しさだった。歓喜と驚愕の中で引き裂かれそうになったミナの断末魔の叫び声が、黒い森の全体に響き渡った。それは、ミナがその燃えるような愛と情熱の確認を要求する叫びのように聞こえた。「ミナはここにいるのよ、いるのよ、いるのよ、エスト、エスト、エスト！」と、世界中にその存在証明を求めているかのようだった。

午後、ホテルに戻ったころには、もう昨日の忌まわしい事件のことも、尾を引かなくなっていた。すでに遠い過去のことのようにさえ思える。森の中で激しく抱き合い、お互いの愛を確認しあって、たしかに二人とも、完全に「元に戻った」感じだ。

夕食の時、ミナは優一に「昨日、ドレスを買って頂いたお礼」と言って、カンディオッティの万年筆をプレゼントした。重厚で太いクラシックな万年筆。普通の万年筆と違って、ポケットにさすための留め金がない。机の上に置いておくか、小箱に入れて持ち運ぶタイプなのだという。優一は大いに気に入って、「君の分身と思って、大切にするよ」と礼を言った。

夕食後は、せっかくバーデンバーデンに来たのだから、クア・ハウスのカジノに行ってみようということになった。

「僕は賭けにはついていないからな、どうせ負けるよ」

「そんなこと、やってみないと分からないわ。ね、優一さん、私達の間でも賭けをしません？」

「いいね、どんな？」

「もし貴方が勝ったら、逆に、私が貴方に何でも要求する権利をもつ、私が勝ったら、貴方は私に何でも要求することが出来る、そういうのはどう？　そうすれば、負けてもがっかりしないで済むわ」

「面白そうだね、何でも要求していいの？」

「そうよ、何でもいいのよ」

「じゃ、そういうことにしよう」

二人ともルーレットは初めてだったが、ゲームは至って簡単だ。台を前にしてディーラーがベルを一回鳴らすと周りにいるプレイヤーがチップを好みの番号のところに置く。ディーラーが回転盤を回してボールを投げ入れる。その間に、チップを別の番号のところに変更しても良い。ディーラーが二回ベルを鳴らすと、それ以後は変更できない。

ミナはまず三目賭で、七、八、九の連続番号を選んだ。足すと自分の年齢になるという理由だ。優一は、何も理由なく、一、二、三の三目を選んだ。小さなボールは、赤の九番に落ちた。「レッド九」とディーラーが告げる。ミナは十二倍の掛け金を得て、文字通り狂気乱舞している。

次のゲームでミナは黒の二十四番にチップを置いた。小さなボールは図ったように、黒の二十四のポケットに落ちた。今度は台の周りの人々が皆、驚嘆の声を挙げた。ミナは「ビギナーズ・ラックよ」と言いながら、三十六倍の配当を受けた。

優一の方はその後間もなくチップを全て失って、所在なくミナがゲームに興ずるのを見ていた。ミナもその後は、あまり勝たなかった。次第にチップが少なくなってきたので、彼女も打ち止めとすることにした。余ったチップは「楽しませてもらったわ」とディーラーに礼を言って渡した。それを見て優一が言った。

「賢明だよ、博打に勝って幸せになった人はいない」

「私もそう思います。さて……賭けでは私が勝たせて頂いたのだから、お約束通り、貴方のご要望を何でも受け入れるわ、何でも要求して下さい」とミナが言った。

「うーん、それでは、何にしようかな？　うん……決めた！　僕の望みは……君の、その……三角地帯のヘアー、あれを剃らせて欲しい」

「まあ、先輩には、びっくりさせられることばかり！　何か恥ずかしいわ、ほんとに剃るの？」

「そうだよ、しかし気が進まないなら……」

「ううん……そうね、賭けの前に約束したことだし……いいわ、剃って！」

「ほんと？　じゃ、善は急げ、部屋に戻ろう」

こうしてその夜、ミナの「剃髪式」が行われた。


「終わったけど、どんな感じ？」

「わっ、ツルツル、もう何も隠しだては、致しませんっ、て感じね」

「でも、もしいやだったら、また生えてくるから大丈夫だよね……再生するのに、どれくらいの期間がかかるだろうか、一カ月くらい？」

「いえ、少なくとも二カ月はかかるんじゃないかしら」


二人は体を拭いて、ベッドに移る。

「それにしても、今日はいろんなことをしたね」

「そう、記念すべき一日でした」

「でも、まだ終わっていないよ」

「ええ、心ゆくまで、私の肉体（からだ）を堪能して下さい」

再び遊泳を繰り返したあと、やっと二人の長い一日が終わった。


その夜、優一は再び不吉な夢をみた。中世のイタリア、なぜかミナがマルティンに扮している。優一は騎士・フッガーだ。ミナは、優一の行く先々で「エスト」と書いている。そのしるしを見ながら、黒い馬車に乗った二人の刺客が優一を追ってくる。優一がホテルに戻ると、ミナが玄関の壁に「エスト、エスト、エスト」と書いた。黒い馬車から降りた二人が優一を襲う。絶体絶命！　そこでハッと夢から覚めた。

第四章　禁断の赤ワイン

昨夜は、昼まで寝て、昼食を一緒にしようと約束していたが、優一は大体いつも通りの時間に起きて、一人でダイニングホールに降り、朝食をとった。その後、旧市街の宝石店に行って、ミナへのプレゼントを探した。変な夢を見たという罪悪感があったので、その償いをして悪夢を払拭しなければ、という思いだった。

ミナは昼すぎまで熟睡したようだ。さすがに連戦連夜だったから、睡眠が何よりのご褒美だったのだろう。目覚めてすぐ優一の部屋に来た。よく寝たので、スッキリして、気分が良いという。

長い昼食をとり、バーデンバーデンの街を散歩した。優一のスイートで、取りとめもなくいろいろな話をした。キスしたり、腰を撫でたり、抱き合ったりしたが、もう宇宙には行かなかった。二人とも、今夜、この街での最後の晩を、今までで一番いいものにしようと思っていた。

最後の夜は、ミナのたっての希望で、もう一度あのレストラン「シャルルマーニュ」で夕食をとることにしていた。優一は、あの晩にミナが着ていたライトグリーンのドレス姿のミナを見たいと所望した。

ウェイターやソムリエから、再び大歓迎を受けたことはいうまでもない。ウェイターはコーナーのテーブルに、二人を斜め向かいに座らせた。四日前のように真正面の席では遠すぎると配慮してくれたのだろう。彼の気遣いが嬉しい。

適当な時間をおいて白髭のソムリエがこちらに向かって来た。

「今日が最後の夜とは……もう当分会えないなんて残念ですな。さて、ワインは、いかが致しましょうか」

「今夜は、そうねー、何にしたら良いかしら……」

「もし私に推薦させて頂けるならば」とソムリエが引き取る。「コルトン・シャルルマーニュの赤だね」

「赤？　シャルルマーニュは白ワインしかない筈よ、カール大帝の命令で……」

「そう、公式にはそうだが、実は、あるんだよ。何事にも裏がある、裏があるから表もある。コルトン・シャルルマーニュの葡萄畑では赤ワインの製造が厳しく禁止されたが、その醸造主は、その命令に従わなかったのさ。赤ワインの製造を禁止する権限は皇帝にさえない、というのが彼の考えだった。教会の聖餐式では赤ワインがイエス・キリストの血として用いられる。だから、赤ワインの禁止は神のみがなしうる、と」

「そうよね！」とミナが相槌をうつ。ソムリエが続ける。

「ましてあの美味なシャルルマーニュの赤ワインを作らせないというのは大きな罪だとその醸造主は思った。そこで、彼は隠密に赤ワインを作り続けたのさ、文字通り、命がけだった。宮廷警察は何度も赤ワインの密造を嗅ぎ付けて醸造主を牢屋に送り、過酷な拷問を課した。だがその製法は子供、孫、ひ孫と代々引き継がれて、今日まで続いてきたのさ。『光栄ある密造酒』といったところだ」

「わあっ、知らなかったわ、素晴らしいお話！」とミナは感動している。

「醸造主たちが命をかけて造ったワインだから、飲む人も命をかけて飲んで欲しいのだ」

「えっ、命をかけて？」

「そう、これを飲むと、禁断のその先に進むことになる、そう言い伝えられているのさ」

そう聞くと、ミナの顔が曇った。

「私に、このワインを飲む資格があるかしら……？」その疑念を自ら打ち消すように、ミナは、「覚悟して味わわせて頂きます」と言った。

二人は神妙にグラスを合わせた。

「真相はワインの中にあり、って言うけど、とっても深ーい、神秘的な味のするワインね。シャルルマーニュ皇帝の逆鱗に触れなければいいけど……」と、ミナは謎めいたことを口にした。それを聞いて優一は、冗談のように、言葉を添えた。

「どうやら、この赤ワインは、正池ミナの『ワイン哲学』をもってしても不可解な、深淵なワイン、ということなのかな」


ソムリエがテーブルを離れた時、優一が改まった調子で、ミナの目を見て言った。

「君に贈り物がある。受け取ってもらえれば嬉しい」そう言って小箱を渡した。

「まあ、何かしら」

「指輪なんだ」

「えっ、まさか、これ……婚約指輪……じゃないですよね？」

「そう考えてくれてもいいし、そう考えなくてもいい」

「わっ、すごく大きなダイヤ！　まあ、Y to Mとイニシャルも彫ってあるわ、いつ買いに行ったの？」

「今朝、君が寝ているうちに」

「でも、まだ私たち、結婚するなんていう話、全然してないのに……」

「その話を今からしよう……ミナ、僕と結婚して欲しい」

「そんな、突然言われても……」

「そうだよね、返事はもちろん東京に戻ってからでいい」

「私の頭の中は、もう嵐のように混乱しているわ。結婚なんて現実の問題としては考えたこともなかったもの。貴方にも『結婚はしないと思います』と言ったのは、つい四日前のことよ。たしかに、この三日間は、私にとって革命的な日々だったわ。しかし……私、どうしたらいいの？」

「じっくりと考えて答えを出してくれればいい。僕にはもう、これからの人生を君なしで考えることは出来ない」

「優一さん、嬉しいわ、私のことをそんなふうに考えて下さって。私、もう胸がいっぱい」ミナはそういうと目から大粒の涙が零れた。

その時、髭のソムリエが二人のテーブルに近づいてきた。

「いかがかな、命がけの赤ワインの味は？」

するとミナが椅子から飛び上がるようにソムリエの首に抱きついた。

「ムッシュー、私、求婚されたのよ！　私、嬉しい！　私、どうしたらいいの？」

ソムリエはミナを優しく抱いて言った。

「そりゃ、決まってる、『謹んでお受けします』と言えばいいんだ。わしは四日前から、こうなることは分かっていたぞ。これはあの時二人が飲んだコルトン・シャルルマーニュの、あの白ワインのご利益だ。あっはっはっは、そして今日の赤ワインは、お二人に永遠の繋がりを保証しよう」

ミナは感激して泣いてしまった。ミナは優一に言った。

「私、嬉しくて、あなたがこんなことまで考えていて下さったなんて。本当にありがとう」そして改まって言った。

「はい、結婚のお申し出、謹んでお受けします。ミナは優一さんと結婚します！」

「嬉しい、ありがとう」と優一は応えた。

ミナは左の薬指にはめたリングを光にかざして、何度も「きれい」「うれしい」と感極まった表情で優一に微笑んだ。そのミナの顔は、ダイヤモンドのように輝いて見えた。

その夜二人は、幸福な気持ちに満たされて、静かに、しっとりと抱き合った。二人はスプーンを重ねたような格好で眠った。

別れの日の朝が来た。昨夜、優一はミナに、一緒に東京に戻ろうと強く誘った。とりあえず、東京に戻って、婚姻届を出し、そのあと、ミナの今後の仕事についても仕切り直して考えてみてはどうかと勧めた。ミナも、結婚するということになれば、ロンドンでのNGOとのインタビューもキャンセルすべきとは思うが、ハーバードで世話になった教授の推薦でもあるので、面接だけには行かなくてはならないと優一に了解を求めた。優一も、最後にはミナの言うことはもっともだと思った。結婚しても、仕事は持った方が良いのだし、ミナはそのために勉強してきたのだ。

朝食後、フランクフルトの空港まではハイヤーで一緒に行き、ミナはロンドンへ、優一は東京に向かう。車の中では、ずっと手を握り合っていた。

チラッと後ろを見ると、昨日は見なかった黒いセダンが、ふたたび優一たちの車の後をつけているのが分かった。またマイケルがミナを未練がましく追っているのだろうか？ミナは気づいていないようなので、彼女には黙っていることにした。黒いセダンは、気障りではあるが、とくに危険はないようだ。

空港に着くと、ミナは優一の出発ゲートまで一緒についてきた。

「ロンドン行きの飛行機の出発まではまだ大分時間があるし、優一さんが東京行きの飛行機にちゃんと乗るのを見届けたいの」とミナは言った。「五日後に、東京で！」と、ミナは明るく微笑んで、見送ってくれた。

後から考えると、どうしてあの時もっと強くミナに東京に一緒に戻ることを勧めなかったのか、と悔やまれる。首に縄をつけてでも一緒に連れ帰って来るべきだった。しかしその時は、すぐにまた会えるのだからと、深刻に考えることはなかった。優一は、もう一つ、重大な失敗をしたことに気がついた。自分の電話番号をミナに知らせていなかったことだ。まあ、しかし、メールで連絡できれば十分だと、その時は、あまり意に介さなかった。

優一と別れた一週間後、ロンドンの警察署で、ミナとおぼしき娘の遺体と向き合うことになろうとは、一体、誰が予想できただろう。ひょっとして、あの禁断の赤ワインのせいなのか?

第二部

第五章　途絶えた音信

バーデンバーデンを発ってフランクフルトから成田に着くと、総務課の川島順一が出迎えてくれて、会社の車で優一を青山にある自宅のマンションまで送り届けてくれた。

「現実に戻った」と言うのが実感だ。バーデンバーデンはまるで「非現実」の世界だった。車内では彼が、次期社長選任問題について、いろいろと情勢分析をしてくれたが、優一はうわの空だった。ミナとの今後の生活をどうするかについて、頭がいっぱいだったのだ。

川島は優一の腹心で、バーデンバーデンでの会議中も、優一に随行してくれていた。

「引き続き、あと一週間ほど、休暇を延長するから、よろしく頼む」と川島に頼んだ。総務部は優一を次期社長に就任させたいと運動しているので、彼は顔を曇らせた。

「副社長、できましたら、ご出社頂いて、副社長の存在感を示して頂いた方が……」

「いや、皆さんが私を推して下さるのは光栄だが、私には、その気はまったくないんだ」

優一には、ミナが帰国するまでに、やっておくべきことが山ほどある。今は、とても他のことにかかわっている暇はない。

翌日、優一は朝一番に区役所に行って婚姻届の用紙をもらって来た。結婚式をするのかどうか、するとすればどういう形にするのか、全く話し合っていないからどうなるか分からないが、婚姻届だけは出来るだけ早く提出したいと思っていた。

さて、優一の側で、婚姻届に署名してくれる証人になってもらうには誰がよいかと思い巡らしたが、親族のいない優一には、白石賢悟弁護士のほかに適当な人は思いつかなかった。そこで彼に電話して、「バーデンバーデンでの報告をしたい」と伝え、その夕方、赤坂にある彼の法律事務所の近くの料亭で会うことになった。

ミナとの出会い、そして結婚の約束までしたと話すと、さすがの白石弁護士も度肝を抜かれたような表情で、あきれている。

「彼女の方は、ロンドンに寄ったのち、あと三日ほどで東京に帰ってくる。すぐ結婚したいんだ」と言った。

「喜んで婚姻届の証人にならせてもらうよ……」と言いながら、白石は書類に署名・捺印するのを、やや躊躇する仕草を見せた。

「だがなあ……桂、親しくさせてもらっているから、不躾に言わせてもらうが、決めるのがちょっと早すぎるんじゃないか？　桂のような真実一路・一本槍の人間は危なっかしくて見てられない、というのが俺の正直な気持ちだ。そりゃ、美人で聡明な女性だろうよ、しかし五日間一緒に過ごしただけで、結婚まで決めてくるとはなあ……ちょっとたまげたよ」

「いや、こういうのは勢いってものがないと、なかなか踏み切れないと思うんだよ」と優一は弁解した。

「それはそうかもしれんが……父親はすでに亡くなっているということだが、未亡人の母親は何か仕事をしているのか？」

「さあ、体が弱いとか……聞いたような気がする」

「聞いたような気がするだって？」

「さあ、本人のことはいろいろ聞いたが、母親のことまでは……ただ、死んだ父親がかなりの財産を残してくれたので、生活には困っていないらしい」

「連絡先は？」

「メールアドレスは知っているが……彼女はこの二年間ハーバードに留学していたので、日本の携帯電話は持っていないようだ。でも三日後には、成田に着いたらすぐメールで連絡をくれることになっている」

「桂よ、お前、気は確かか？　いいかい、結婚というのは、二人だけの問題では済まないんだよ。これまではひとりで気ままに生きてきて、仕事さえ立派にやっていれば良かったかもしれないけど、結婚となれば、相手の家族のことくらい、ちゃんと調べてからするもんだ。それに……最近、ブラジルでは『ツナミ・ガール』というのが流行っているそうだ。若い美人が年配の金持ちに、最初は大波のような魅力で圧倒しておいて、さーっと潮が引くと全財産を持っていかれて、あとには何も残っていないという。桂、お前の資産は会社と特許料を折半していて相当なものになっているはずだ。結婚するとなれば、財産分与についても、はっきりと決めておかなければならない。だが……まあいい、桂が決めたことだ、幸運を祈っているよ」と、白石は突き放したように言う。

「なんだか冷たいんだね……。そもそもバーデンバーデンで、あのフリードリッヒ浴場に行こうと言い出したのは、君、白石だよ。若い女性を見つけて早く結婚しろなどと、けしかけたのも君じゃないか……」しかし、白石弁護士は優一のことを心配して言ってくれているのだ。そう思って、急いで付け加えた。「いや、こんなこと言うなんて、俺もちょっと大人気ないけど」

白石は白石で、頭をかきながら優一に謝った。

「たしかに。いや、悪かったよ。無責任だったけど、そんな若い女性が桂の相手になるなどとは、実際には夢にも思ってもみなかったからな。あっはっは。四十八歳の中年男がさ、水も滴る二十四歳の知的な美人と結婚すると聞けば、誰だって羨望嫉妬の感情を抑えきれなくなるさ。これからは世間の風当たりが厳しくなるぞ、大丈夫か？」

「そうだろうか？」優一は急に心配になった。

「俺に任せておけ。俺はいつも桂の味方だ」白石の言葉に優一は力づけられる思いだった。

「よろしく頼むよ」と優一は頭を下げた。


決して浮かれてはいけない、そう自らに言い聞かせながらも、優一はこれから始まるミナとの新しい生活にワクワクしていた。翌日はとりあえず、彼女の部屋を整えておかなければならない、そう考えて、物置にしていた部屋を片付けることにした。その部屋に乱雑に置いてあった本やスーツケースなどを書斎に移動し、掃除機をかけたところで、その日は、終わった。これからここでミナと一緒に暮らすのだ、そう考えると、幸福感に満たされた。

だが、三日たって、ミナが帰ってくる予定の日になっても、彼女からのメールはなかった。急に心配になる。待つことがこんな辛いこととは思ってもみなかった。優一は苛立ち、怒り、憔悴した。飛行機が遅れることだってあるだろうと、自分に言い聞かせた。何の連絡もなく待ち続けることは、拷問のようだった。次第に優一も、これは只事ではないと思い始めた。

ミナにメールを打った。するとすぐ、メール受信のサインが出たので開いて見ると、何とミナのアドレスはPermanent Fatal Errorとあった。「永久の」、「致命的な」というエラー表示に、優一は棒で頭を殴られたかのような衝撃を受けた。ミナが偽のメールアドレスを教えたとは思えない。何らかの理由で、アドレスの取り消しをしたのであろう。ミナの身に何かあったのではないか、それともあの五日間のことは、単なる遊びだったのか。心配と苛立ち、怒りと悲しみがごっちゃになって、優一の胸をかき乱した。

こういう場合、一番考えられるのは、ミナが「心変わり」したということだろう。五日間を無我夢中で過ごして別れた後、冷静に考えてみれば、親子のような年の差、どう考えてみても幸せな結婚生活は不可能だ、ミナがそう考えたとしても、それは不自然ではない、不思議でもない。もしそうだとすれば、優一に会って弁解するよりも、連絡を一切絶って、あたかも何もなかったかのようにした方が、お互いに傷つけあわなくて済むと、ミナは考えているのかもしれない。

しかし何度考えても、あのミナが、優一の誠意を裏切るとは、とても考えられない。あの濃密な愛の交合、あれは何だったのかということになる。ミナが優一から何も言わずに離れていくとは到底思えない。ミナは、きっと何か、深刻な事故か危険に遭遇しているのだ、としか考えられない。やはり、こうなったら、白石弁護士に相談するしかない。優一はそう決断すると赤坂の彼の弁護士事務所を訪ねた。

普通の友達だったら、「てっきりそんなことだろうと思っていたよ」とか、「体よく逃げられたんだよ」と笑うところだろうが、白石弁護士は、そういう素振りは微塵も見せず、親身になって心配してくれた。さすがプロだと優一は感心した。というよりも、やはり白石は真の友なのだと思った。

「うちの事務所が使っている興信所に調べさせるよ、すぐに判るだろう。だが、調べるからには、どういうふうに出会ったかを先ず聞く必要があるし、彼女に関するどんな些細なことでも良いから聞かせてもらう必要がある」

そこで優一は浴場でのミナとの最初の出会いから話し始めた。浴場で湯につかっていると、女性が泳いできて、優一の前で起き上がったこと、優一がいるのに気付いて「あっ」という小さな声をあげて、すぐ引き揚げていったこと、そのあと浴場の前のカフェに入ると、偶然そこに彼女がいて、一緒に簡単な食事をしたこと、彼女の提案で古い城を見に行くことになり、夕陽が「ぐしゃぐしゃになって」沈んでいくのを見て彼女が涙を流していたこと、などを話した。

「俺が一緒にあの浴場に行っていればな、こんなことにはならなかったはずだ。俺も責任を感じるよ」と白石弁護士は言った。たしかに、白石と一緒だったら、もっと違った展開になっただろう、とは思う。

「古城を見た後、その晩は、シャルルマーニュというレストランで食事をした。彼女は学生時代、ワインショップでアルバイトをしていて、ワイン・エキスパートの試験にも合格している、と言っていた。レストランからホテルのロビーに戻った時、何か別れがたい気がしたので、俺の方から、もう一日、滞在を延ばせないかと聞いたら、それでは、ということになったのだ。それで次の日、レンタカーを借りて、黒い森（シュバルツバルト）をドライヴした。その夜、祝祭劇場で『ハムレット』のオペラを観た。その次の日、ハイデルベルクでわれわれは結ばれた」

「なるほど……」

「その後の三日間は、郊外のレストランに昼食を食べに行ったり、森の中を散策したり、夜はカジノに行ってルーレットをしたり、そんなところだ」さすがに、ミナとの激しい性愛には触れなかった。

「彼女はその間、ずっと桂の部屋にいたのか」

「うん、その三日間は大体そうだが、彼女の部屋はアティックにあって、時々はそこに戻っていた」

「で、結婚の約束はいつしたんだ？」

「最後の夜だ。その朝、俺は何か彼女にプレゼントしようと思って、宝石店でダイヤの指輪を買ったんだ。その時は、まだお互いに結婚について話してもいなかったので、婚約指輪のつもりではなかったのだが、指輪にイニシャルを彫ってもらっていたら、何か無性に結婚したくなった。指輪を渡したら、彼女もびっくりしていたが、レストランのソムリエが後押ししてくれて、結局、そこで結婚の約束をした」

「その指輪、幾らぐらいしたんだ」

「日本円で百万くらいかな。正式に結婚することになったら、もっとちゃんとした東京の宝石店で、しかるべき指輪を作ってもらうつもりだった、いや、今でもそのつもりだ」

白石弁護士は、その後、ミナの卒業した東京の私立大学の名前や、ハーバード大学のことなどをノートにメモし、「何か判ったら、知らせるよ」と言った。白石と話しているその間も、ミナからの連絡が入ってくるのではないかと、優一はずっと携帯を握りしめていたが、連絡はいつまで経ってもなかった。

「調査費は幾らかかっても構わないから、よろしく頼む」と言って、優一は白石のオフィスを出た。

翌日、白石弁護士から連絡があった。「正池ミナ、二十四歳」という人物は実在すること、都内の名門私立大学の法学部を優秀な成績で卒業し、ハーバードのロー・スクールで修士号取得、同スクールのホームページに掲載されていた「レイリン賞」受賞の時のミナの写真も、メール添付で送られてきた。まさしくミナ本人に間違いなく、別の女が「なりすまして」いたということもない。

「母親のことも分かった」と白石は言った。「気の毒だが、精神を病んでいるらしくてな、郊外の精神病院に入院しているようだ。だが、財産はあって、弁護士が後見人として付いているので、問題はない」

ミナの言っていたことに、何一つウソはなかった。優一はそのことに何よりも安堵した。だが、フランクフルトの空港でミナと別れてから、すでに五日が経っている。ミナは一体どこでどうしているのだろう。あの元気なミナのことだ。きっと元気にしている筈だ。元気でいてくれさえすれば、もう何も望まない。結婚できないのなら、それはそれで構わない。元気でいてくれさえすれば……。

　ところが、その翌日、白石弁護士から切迫した調子で「すぐ事務所に来てくれ」と連絡を受けた。「直接でないと話せないような重大な情報がある」ということだった。優一は白石のオフィスに急行した。

「うちのロンドンの提携事務所の者が調べたところ、正池ミナは、ロンドンに着いてから、ウインストン・ホテルに投宿していたことが分かった。しかし驚くな、彼女は男と一緒だったんだ」

「えっ、男と！　誰と？」優一は動揺を隠せなかった。

「宿帳に書かれた名前は、カナダ国籍のマイケル・ハミル、彼自身はカナダで生まれたが、父親はレバノンの出身のようだ」

「マイケルか……ちょっと安心したよ」

「安心？　どうして？」

「いや、ミナが言っていた。ハーバード在学中、同級生でカナダ人のマイケルという男と付き合っていた、と。しかし、マイケルとは少し前に別れたそうだ。その男はゲイで、ミナの体には触れていない、……いずれにしても肉体関係はなかったようだ」

「肉体関係なんてどうでもいいんだ。桂、よく聞け、そのマイケルという男は、テロリスト・グループのメンバーとして指名手配されているらしいんだ、アメリカとカナダの両方の国から！」

「なんだって！　それじゃ、ミナもテロリストにされちゃうじゃないか！」

「そうなんだ、ＩＣＰＯ（国際刑事警察機構）も動き出しているらしい。もちろん正池ミナまでがテロリストだと言っているわけではないと思うが、ただ、そのマイケルという男は問題だ」白石弁護士は優一を安心させるように言ったが、彼自身も自信がなさそうだ。

「いや、実は俺もそのマイケルという男をバーデンバーデンで見ている」

「何だって、そんな重要なことを、今まで何故俺に言わなかったんだ？」

「そんな、重要なことだなんて、考えもしなかったからだ。たまたま、ホテルの近くで、ミナがマイケルを見つけて声をかけたんだ。ミナもマイケルがなぜここにいるのかと驚いていた。彼の方は男の友人と一緒で、ヨーロッパを旅行しているんだと言っていた。マイケルはミナに、ロンドンにはＮＧＯの面接に予定通り行くんだろうと確認していた」

「そうだったのか、桂、いいか、お前のところにも捜査が及ぶかもしれない。もし警察に聞かれても、正池ミナのことは、『知らぬ、存ぜぬ』で押し通せ」

「そうは言っても……ホテルの従業員達はミナと俺の関係を知っていると思うよ、五日間はいつも一緒にいたし、ホテルのレストランでも一緒に食事したし」と優一は言った。

「あっ、そうだ、これも白石にはまだ話してなかったが……三日目の夕方、俺の部屋にドイツの警察が踏み込んできたんだ。俺たち二人をテロリストと間違えて。しかし、部屋に入った途端、間違いと気づいたらしく、すぐ引き揚げて行ったが。いずれにせよ、俺は、テロリストじゃない、ミナもテロリストなんかじゃ決してない。テロリストだったら、俺と一緒にいたときだって、警戒してピリピリしていただろう。だが、彼女はそんなところは全くなかった。ゆったりと卒業旅行を楽しみ、何を気にすることもなく、愉快にあっけらかんと休暇をエンジョイしていたんだ、そんな彼女が、テロリストであるわけがない！」

「もちろん、だれも桂をテロリストだとは思わないよ。ただ、桂には悪いが、正池ミナはどうか分からないよ、仮にマイケルがテログループに関わっていると仮定すればだが、現に、正池ミナはロンドンでマイケルと同じホテルにチェックインしていたのだから……その後、二人ともどこかに姿を消してしまったらしい」

「だからと言って、ミナがテロリストだなんて、滑稽な話だ。ミナは心優しい女の子だ」

「うん……」と呟いたまま、白石はそれ以上何も言わなかった。優一も押し黙ったまま、彼の事務所を後にした。

「なんということだ……」優一は同じ言葉を何度も繰り返した。

自宅に戻って、バーデンバーデンでのミナとの会話を思い出そうとした。そういえば、ミナは友人がＦＢＩの尋問を受けて自殺したと言っていたな、志の高い人だったとか……。ミナもテログループのシンパだったのか？　いや、そんな筈は決してない……。

青山の自宅に戻る途中、タクシーの中から夕陽が揺れながら落ちていくのを見た。ミナとバーデンバーデンで出会った日の夕方、一緒に夕陽が沈むのを見たことを想い出す。思わず涙が溢れた。

第六章　ロンドン警察

その二日後、朝早く、再び白石弁護士から電話があった。

「今度は何だ」と優一は、つっけんどんに応じた。

「大変だ、ロンドンからの知らせで、正池ミナが……」と白石の狼狽した声が続かない。

「どうしたんだ！」

「正池ミナさんが、亡くなったらしい」

「何だって？」

「正池さんが、死んだんだよ、すぐ事務所に来い！」

優一は顔が蒼白になっていくのが自分でも分かった。打ちのめされて、吐き気がおさまらず、しばらくは立ち上がることさえできなかった。ミナが死んだ？　そんなこと、あろうはずがない。決してあってはならない……。

白石の弁護士事務所では、所員がテレビに釘づけになっていた。ＢＢＣの国際ニュースが点けっぱなしになっていた。

「見ろ、今朝からＢＢＣはこのニュースで持ちきりだ」と白石がテレビを指差した。

「ロンドンからのニュースを繰り返します」とキャスターの声。

「昨夜未明、テロリスト・グループのメンバー、イラン人女性、ミナ・マシャイキ、二十四歳が自爆テロの容疑で警官隊に包囲され、逃走しようとしたため、狙撃されて、死亡しました。警察は自爆テロが行われるという極秘情報を事前に入手し捜査していたところ、この女性が予定の時刻に果物かごを抱えて現れたので、警官が職務質問しようとしたところ、突然、手榴弾らしきものを警官隊に向けて投げようとしたので、やむなく包囲していた狙撃班に射殺されました。二十分後に運ばれた病院で死亡が確認されました。彼女の身元は、投宿していたウインストン・ホテルの部屋で見つかったイラン政府発行のパスポートから判明しました。もっとも、女性の持っていたかごには果物と一緒に手榴弾らしきものが三個入っていましたが、爆発する危険のない玩具だったという情報もあり、現在、警察で事実関係を調査中です」

「なんてことだ！」優一は、その場にうずくまって、はらはらと涙を流した。

「投宿していたホテルの名前も、われわれが調べたのと一致している。ミナさんの父親はイラン人だったと言っていたよな」と、白石が押しつぶしたような声で聞いた。

「うん、イラン名をマシャイキ……といったそうだ」優一は絞り出すように答えた。

「しかし、どうして日本人だと言わないんだろう？　ミナは日本人で日本のパスポートを持っていた筈だ」

「パスポートは両方持っていたんじゃないか？　イラン・パスポートで英国に入国するのは難しいが、日本のパスポートならフリーパスだ。俺が推測するに、イラン人ということなら、万一これが警察の誤認だったとしても、イラン政府に対しては何の責任もとらなくて良いからだろう。イランの核疑惑問題で、今、英国とイランは事実上、国交断絶のような状態だからさ。日本政府が相手だとそういうわけにはいかなくなる」

「そんなこと言ったって、ミナが日本人だということは、すぐに分かることじゃないか」

「それはそうだ……」と白石も同意する。

「何か、変だ、全部、変だ。おかしなことばかりだ、おい、白石、俺はロンドンに行く、行って自分で調べてくる」

「何を言ってるんだ、民間人が行っても、何も出来やしない」

「何だと？　俺は単なる民間人じゃない。俺はミナのれっきとした婚約者なんだ、俺には婚約者として、真相を知る権利がある」

「うん、それはたしかにそうだ、……よし、俺も一緒にロンドンに行く。その方が何かと便利だろう。俺も昔は一時期、検事をやっていたんだ」

「そうしてくれるか、それは有り難い、恩にきるよ」

白石弁護士は秘書に指示して、テキパキと夜の成田発の飛行機を予約させた。


白石の事務所を出ると優一はその足で会社に向かった。出社するのは十日ぶりだ。自分のオフィスに入ると、ドアを閉めて封書をしたためた。それを胸のポケットにしまうと、社長室に向かった。社長室のドアをノックし、返事を待たずに開けると、丁度そこに社長が女性秘書に何か指示しているところだった。

「済みません、突然押しかけまして」と優一は詫びた。すると社長は「おう桂君！」と満面の笑みを浮かべて優一の手を握った。社長は七十歳に近く、優一より二十は年上である。

「私も丁度、桂君と話したいと思って、連絡しようとしていたところだ」と、優一を社長室の中に招き入れながら、言った。優一も部屋の中に入ったが、ドアは開けたままにしておいた。秘書にも話が聞けるようにしておく必要があると思ったからだ。社長は続けた。

「実はね、大体、社論が一致してきて、君をわが『日本液晶』の次期社長に推薦しようということになった。おめでとう」

「はあ、有り難うございます。ただ、私の方の都合もありまして」

「何を言っているんだ。社長になるのに、都合もへったくれもありゃせん。ま、桂君のそういう謙虚で野心のないところがみんなの信頼を集めている所以でもあるのだが」

「いいえ、そういう問題ではないのです。社長、これから私の言うことを、どうか聞いて下さい」社長はやや気分を害したようだ。

「ねえ、桂君、この数カ月間、私が君を社長に推薦するために、どれほど苦労したかを、少しは考えてもらいたいね」

優一も余裕がなかった。こっちはもっと重要な問題を抱えているのだ。ミナが死んだのだ。午後には成田に向かわなくてはならない。堪忍袋の尾が切れたように、ついに暴言を吐いた。

「いいから黙って聞けよ！」

それを聞いて、社長は腰が抜けたように、目を丸くしてソファーに座った。この二十年間、人から命令されるということは全くなかったから、ショックを隠せない。

「済みません。最後ですから、一分間、口を挟まずに、私の言うことを聞いて下さい。結論から言いますと、私は本日限りで、一身上の都合により、当社を辞めさせて頂きます」

「辞める、だって？」

「だから、黙って聞けよ！」

「わかった……」

「辞める理由は、簡単に言いますと、二週間前にある女性と知り合い、婚約しました」

「それはいい話じゃないか」と社長がつい口を挟む。

「もうっ……！」と、優一は社長を睨みつける。

「いや、悪かった……」

「その婚約した相手の女性が、テロリストの疑いを受けて、昨夜ロンドンで死にました」

「テロリスト、死んだ……」

「もちろん、彼女はテロリストなんかじゃありません。何かの間違いです。私はこれからロンドンに行きます。ロンドンに行けば、マスコミが私とその女性とのことを書き立てるかもしれません。そうなれば、当社の評判に傷が付くことは目に見えています。そうならないうちに、辞めさせて頂きたいのです。これが辞表です。よろしくお願い致します」

社長が何か叫んでいるようだったが、優一は構わず席を立って社長室を後にした。秘書の女性が優一に深々とお辞儀をした。その秘書から連絡を受けたのであろう、総務部の川島順一が駆け込んできた。

「副社長、お辞めになるなんて！」

「うむ、川島君、お世話になった。後のことは、よろしく頼む」

ロンドンに着いた翌日の朝、優一と白石はロンドン警視庁、スコットランド・ヤードに行った。「自爆テロ容疑で亡くなったミナ・マサイケの婚約者」と告げると、担当の係官、テロ問題担当のウッド部長が対応してくれた。成田を出発する前に、白石弁護士が詳しい陳述書を作ってロンドン警視庁に予め送っておいてくれたので、話はスムーズに進んだ。

優一は、バーデンバーデンでのミナとの出会いから婚約するまでの経緯を、正直にありのまま話した。スコットランド・ヤードも、ある程度、ミナの旅程について、すでに把握していたようだ。マイケルなど、ミナと一緒にウインストン・ホテルに宿泊していた友人については、どうやら取り逃したらしいということも分かった。彼らは、すでに英国を出国していた。

「彼女がイラン人だったことは知っていましたか？」とウッド部長が尋ねた。

「はい、父親はイラン人でしたが、日本に帰化したと聞きました。母親は日本人です。私は、ミナは日本人だと思っています」

「そうですか、しかし容疑者の持ち物からは、日本のパスポートは見つかりませんでした。われわれとしては、彼女をイラン人として扱っています」

「英国政府がどう扱おうと私の関係する事柄ではありませんが、私にとっては、日本人です。ミナは私のかけがえのない婚約者です」優一はウッド部長に頼んだ。「ミナの亡骸を見せて下さい、そのためにロンドンまで来たのです」すると部長が応えた。

「規則で、身内の方でないと遺体はお見せすることは出来ないことになっています。今はまだ捜査中ですし」

「ミナの父親はすでに亡くなっていますし、母親は精神病院に入院しています。ミナには兄弟姉妹はいません。私はミナの婚約者です。唯一の身内と言ってもいい筈です」

「貴方が、ミナさんと婚約したという証拠はありますか？」と部長が聞いた。

白石弁護士が割って入る。

「婚約ですから本人同士の口頭の約束以外に直接の証拠はありませんが、桂氏がエンゲージュ・リングを購入した時のレシートがここにあります」

「それではちょっと連絡してみましょう」とウッド部長はレシートを持って部屋を出て行った。五分ほどして戻ってくると、「バーデンバーデンの宝石店と連絡がつきました。リングにY to Mと彫ったそうですね。残念ながら、そのリングは見つかっていないのですが」と言った。

「では、遺体を見せて頂けますか？」

「ミスター・カツラ、ミスター・シライシ、一つ条件があります」

「条件……どんな？」

「単に法的な問題としてだけなのですが、英国政府は彼女をイラン国籍者として扱っています。お二人も、そのことを了承して頂くというのが、その条件です。あなた方が、彼女を日本人と考えることは自由です。しかし英国が彼女をイラン人として扱っているということを尊重してもらいたいのです。日本大使館も、非公式ながら、英国のそのような処理を支持するという立場のようです。したがって、あなた方が婚約していたこと、彼女が日本人として育ったことなどは、マスコミにも話さないで頂きたいのです」

「分かりました。私としては、ミナに会うことさえできれば、そんな問題はどちらでもいいことです」と優一は応えた。白石弁護士も同意したように頷いた。

「よろしい。では、これから遺体安置室に案内します。准・親族として遺体を確認してください」とウッド部長は告げてくれた。

スコットランド・ヤードの地下室に行くと、この世にこれ以上寒々しいところはないだろうと思わせるような冷たく重苦しい雰囲気に、優一は息が止まりそうだった。体中が震えた。

ウッド部長が安置室のドアを開けた。ホルマリンだろうか、薬品の強いにおいが鼻を突いた。連絡があったのだろう。すでに遺体が、大きな台の上に横たえられていた。安置室の責任者が、白い布をはがした。女性の裸体が顕わになった。

「まだ捜査中ですので、決して遺体には触れないで下さい。それから、顔はかなり潰れていますので、そのつもりで……」

優一はドアの近くから、それ以上動けなかった。離れた所から、遺体を注視した。遺体は入り口から見て、頭を右に、仰向けに置かれている。係官が気をきかせて、「もう少し近寄って見て下さい、顔も確認してください」と促した。優一はドアのところで硬直したように、とどまったままだ。

だが次の瞬間、優一は狂ったように「ミナ！」と大声で叫び、遺体の傍まで駆け寄った。そして壮絶な声を出して号泣した。

「遺体には触れないで！」と係官が叫んでも、耳に入らない様子だ。優一は肩を震わせて泣き叫びながら、ミナの黒い髪の毛を撫でていた。係官が優一の体を後ろから抱きかかえるように、遺体から離した。優一の慟哭は、その後も続いた。ウッド部長はその混乱した様子から、もうこれ以上、優一を審問することは不可能と考えたようで、「後は貴方の弁護士さんと決めてよろしいですね」とだけ確認して、優一をホテルに引き取らせた。

白石弁護士は、一旦、優一をホテルに連れ戻して休ませた後、警視庁に戻って、ウッド部長と打ち合わせを重ねた。夕方近くになって白石弁護士がホテルに戻ってきた頃には、優一もかなり回復していた。

「気分は大分良くなったようだな」と白石は安堵の様子だ。

「うん、それで、結局、どういうことになった？」と優一は聞いた。

「まあ、英国としては本件を出来るだけ早く処理したいようだ。ウッド部長が話していたように、ミナさんの国籍がイランだということに固執している。やはり日本との問題にはしたくないようだ。日本の大使館もどうやらテロ容疑者の本国という立場は、出来れば避けたいと考えているようだ。とにかく、ミナさんは、職質を受けた時、警官から逃げたのがまずかった。ミナさんは、やはり組織と何らかの繋がりがあったと考えるしかない。いいか、桂、もうミナさんのことは忘れろ」

「そうだな、明日、東京に帰るよ」

優一が反論もせず、帰国すると答えたことは、白石には、意外だった。落ち着いて案外素直に事態を受け容れたことも、予想外だった。優一がミナの死の悲しみを、何故こんなにも早く乗り越えたのか、信じられなかった。何か肩透かしを食らったような気分だ。とはいえ、優一が荒れることもなく、帰国すると言ってくれたことに安堵した。

「そうか、それで安心した。明日、ヒースローまで送るよ。俺はちょっとロンドンで他の仕事があるから、帰るのは二、三日あとになるが、帰ったら一度ゆっくり話そう」
「白石には本当に世話になった、感謝しているよ」

ロンドンでは、もとより警察署以外どこにも行かなかったが、ホテルの隣に老舗ワインショップがあり、優一はそこで、一九八四年の「カロン・セギュール」というボルドーワインを見つけた。一九八四年というのは、ミナが生まれた年だ。そのボトルにはハートのラベルが付いている。このワインは、恋人たちのための『愛の証し』として、知られているとのことだった。ミナが生まれてから今日まで、暗い酒蔵の中で、ひっそりと耐えて待っていたワインだ。ミナとおぼしき女性の遺体を検分した後で、矛盾しているようだが、優一にはミナが死んだとはとても信じられなかったのだ。もし、ミナと再会することがあれば、このワインを一緒に飲もう、それまでは大切にしまっておこう、そう思って、このボトルを買って帰った。

ロンドンから戻って数日後、優一は白石弁護士の事務所に電話をかけた。白石が、今日あたりには戻っている筈だったからだ。とにかく調査費を支払わなければならない。興信所を使ったり、ロンドンまで出張させたりしたのだ。

「今回のことでは、いろいろと世話になった。心から感謝している。調査費用は幾らぐらい払ったらよいか教えてくれ。ビジネスライクにお願いしたい」

「友達だし、別にいいよ。それにあの後ロンドンで大きな契約を結んできたから、充分に元はとった」と、案の定、白石は関心を示さない。

「それでは俺の気が済まないから、じゃ……白石の事務所にとりあえず五百万振り込んでおく。そんな少額のはした金は要らないというのなら、溝にでも捨ててくれ」

「勝手にしろ」と白石は言った。了解、という意味だと、優一は了解した。

「で、今日の夜、都合がつくなら会ってくれないか、ちょっと話したいこともあるし」

「おう、勿論、俺もそのつもりだ」


夕方、以前一緒に食事をしたことのある料亭で落ち合った。白石は、昨日帰ったばかりだというのに、疲れも見せず、元気だった。

「あの後、もう一度ロンドン警視庁に行って、あのウッド部長に会った。スコットランド・ヤードとしては、結局この事件は、単なるイラン女性の自爆テロ未遂事件として処理する方向らしい。あの部長さ、桂がそんなに早く帰国してしまうとは思わなかったと、文句を言っていた。尤も、イギリス側も、ミナ・マシャイキに日本人の婚約者がいたということは伏せておきたいようだったから、桂が帰国してくれて、実際は有り難いと思っているようでもあった」

「いや、そのことなんだが……」と、優一は申し訳なさそうに言った。

「白石、あの遺体は、実は、ミナじゃなかったんだ」

「えっ、今、何といった？　ミナさんじゃなかったって？　そんな……」

「遺体安置室に入って、殆どすぐ分かった。ミナじゃないと」

「どうして分かったんだ」

「そりゃ、五日間も一緒に過ごしたんだ。ミナの体の特徴は全部覚えている。たとえば、ミナには腰の左のところにサクランボのような紅い痣があった。彼女の『認識マーク』みたいなものだったのだが、入り口からでも左の腰の辺りはよく見えた。遺体には、そのアザはなかった。あのミナはニセモノだ、正池ミナではなかった」

「しかし、そんなアザなんて……死後硬直で消えたのかもしれないじゃないか」

「いや、アザだけじゃない、決め手は、ヘアーだ」

「ヘアー？」

「そうだ、あの遺体には三角地帯に黒々とヘアーがあっただろう。ミナにはヘアーがなかったんだ」

「無毛症だったのか」

「うむ……いや、実は、俺が剃ったんだ、ミナが剃ってほしいと言ったので。再生するには二カ月はかかるとミナは言っていた」

「いや、その、ミナさんがそれほどまでにお前のことを愛していたということは、よく分かるが……」

「それにもっと決定的な証拠もある。ＤＮＡだ」

「ＤＮＡ？」

「そう、俺は遺体の傍に寄ったとき、遺体から何本かの頭髪を抜きとらせてもらった。婚約者なんだから、遺髪くらいもらってもいいはずだろう。東京に戻ってすぐＤＮＡ分析会社にその頭髪をミナの愛液と照合してもらったのだが、全然合致しなかった。だから全くの別人だ」

「桂は、今でもミナさんの愛液を試験管か何かに入れて持ち歩いているのか？」

「いや、そうではないが……」と言って、優一はバッグの中からカンディオッティの万年筆が入った小箱を取り出して白石に見せた。「この万年筆はミナからのプレゼントだ。これをもらった時、万年筆のキャップにミナの愛液を付けて欲しいと頼んだのだ。それでミナは、その……」

「もういいよ、そこまで説明しなくても。しかし驚いたな、じゃ、あの号泣は芝居だったのか」

「いや、そういうわけでもないけど、髪の毛は必ずもらって帰ろうと決めていた。だからちょっと大げさに泣き叫んだ。しかし本当に泣いていたんだ。現実に一人の女性が死んだのだから。しかし、正直なところ、悲しくてというよりも、多分に嬉し泣きだったんだ。ミナが死んではいないと分かったから」

「驚いた。だとすると、あの遺体は誰なのだ、ミナさんは一体どこにいるのだ」

「それは俺にも分からない。ミナもやはりテロ組織と何らかの接点があったのかもしれないと、俺も最近は考えることがある。ミナがそれを望んでそうなったとは到底思えないが、何かそうせざるを得ない事情があったのかもしれないと。あの遺体の女性とミナとの接点も、何かあったとしか考えられないからな。しかし、もう、俺が関与できる問題ではないと思うようになった。いや、そう考えなければ、俺は狂ってしまいそうだ。ミナのことはよく分かっているつもりだったが、考えてみれば、たった五日間で、彼女の生きてきた時間空間を全部理解できるなんてことはありえない。彼女には、きっと俺の知らない世界があるのだと思う。しかし、彼女は死んではいない。どこかで生きている。今は、それが分かっただけで、充分だ。ものすごく嬉しい。だから、もうミナのことを詮索したり、追いかけたりするのはやめようと思う。もちろん、バーデンバーデンでのミナとの五日間は、俺の人生で最も貴重な部分となった。俺は最期の日まで、ミナとの思い出と共に過ごしていくつもりだ」

「そうか、そうだな。だったら、俺ももうこの件は忘れることにする」と白石は言った。

「そうだな……」と優一も頷く。

「それにしても、あのウッド部長って、ちょっと抜けているというか……ロンドン警察は大丈夫かと他人事ながら気になるね」と白石が呟く。「それはそうと、これからどうするつもりなんだ。会社に辞表を出したそうじゃないか」

「いや、今回のことがなくても、辞める潮時だとは思っていたんだ。俺たち理系の人間は、法律家みたいに七十、八十までやっていられるものじゃない。俺も光学の専門家としては、そろそろ賞味期限が切れつつある。しかし、会社経営なんてものには、俺は全く興味が持てない」

「しかし、引退する年でもなかろうが、俺もお前もまだ四十八だ」

「そうだな、まあ、第二の人生は、アフリカで砂漠に木を植えて緑化のための事業でも起こそうかと考えている、ＮＰＯを立ち上げて」

「もったいないな、桂のようなノーベル賞級の科学者が、麦わら帽子をかぶって、じょうろで苗木に水をやっているような姿なんか、見たくないなあ」

「何言ってるか。ノーベル賞級の科学者が、木に水やって何が悪い！　そういうふうに型にはまった考え方しか出来ないから、法律家は救い難いんだよ」

「何言ってるか。型にはめるのが法律家の仕事だ。そのおかげで、世界は混乱せずに治まっているんだぞ。まあいい、ＮＰＯが立ちあがったら、今日、予期せぬところから五百万ほど、あぶく銭が入ったから、それを寄付させてもらうよ」

「あぶく銭とはよく言うよ。もういい、飲もう、飲もう、飲んで、今夜だけは全部忘れよう」

「いいねえ、乾杯だ、アフリカの緑化運動に成功あれ！」

「人権派弁護士、万歳！」

その夜は久しぶりに痛飲した。前後不覚になるまで飲み続けた。そして、案の定、ぶっ倒れた。


それから数日後、優一は驚愕のメールを受け取った。それはミナからのメールだった。

第七章　オフィーリアの悲嘆

ミナは生きていた！　それも優一たちがロンドンでミナの「遺体」を検分していた頃、彼女は全く別の場所にいたのだ。なんと、ミナは航空会社のオーバーブッキングでロンドンに行くことができず、東京便もハイシーズンのため、すぐには取れず、結局、シンガポールまでは来たが、そこで滞在をのばすことになったとのこと。混乱して、フランクフルトの空港で、パソコンを紛失してしまい、連絡が取れなかったと、ミナのメールは伝えていた。

優一様、帰国が遅れて済みません。あなたをフランクフルトでお見送りしてから色んなことが立て続けに起こって、混乱していたのです。あなたを見送ってから、私はイギリス行きの飛行機に乗るために航空会社のカウンターに行ったのですが、何かの手違いで、私の航空券は誰か他の人に発行されてしまっていて、私のチケットはもうないと言われました。こんな経験は初めて。もちろん私はごねて、ごねて、向こうも必死にその原因を探していましたが、分からず……他の航空会社のチケットを手配してくれたのですが、ハイシーズンなので空席は二日後の便しかないと言われ、もう私は怒り心頭。私のインタビューは次の日なのだから今日の飛行機に乗らないと私の一生は滅茶苦茶になってしまうと言ったのですが、結局どうにもなりませんでした。

二時間くらい経ったあと、その航空会社のマネージャーみたいな人が、私に謝罪し、ロンドン行きはもう諦めていましたので、あっさり、その謝罪と賠償（といっても、少額でしたが）を受け容れました。で、とにかくもうヨーロッパからは離れたかったので、すぐ東京に戻ろうと思ったのですが、こちらもこの日のチケットはなく、やむなく別の航空会社のカウンターで、シンガポール行きの当日のチケットがあるというので、東京に行く前に、とりあえずシンガポールまで行くことにしました。高校時代、二年間、シンガポールの学校に通っていたこともあるし……。

飛行機に乗ってから気がついたのですが、空港での混乱の中で、私はパソコンを空港のどこかで紛失してしまったのです。置き忘れたか、盗まれたか、よく分かりません。ロンドンのNGOに事情を説明し、行けなくなったお詫びのメールを送ったのが最後でした。パソコンの紛失が一番のショックでした。でも、飛行機の中でぐっすり眠ることができたので、シンガポールに着いた時は、前向きの気分に戻っていました。

そういえば、シンガポールに『オアシス』と言う有名なＮＧＯがあるのを思い出して、そこを訪ねることにしました。オアシスのオフィスに行くと、アポもないのにインタビューしてくれて、よかったらインターンをやっていかないかとまで言ってもらいましたので、そこで結局二週間も過ごすことになったのです。すごく有益な経験をさせてもらいました。ここで得たＮＧＯ運営の知見は、きっとあなたが計画しているアフリカ緑化計画にも大いに役立つと思います。

オアシスのパソコンは、私的なメールに用いてはならないということでしたので、やっと新しいパソコンを昨日購入し、こうしてメールも送れるようになりました。

今日はこれから、タンさんという、以前私たちがシンガポールに住んでいた頃、親しくしていた人に会って、昔話をするつもりです。もう少しここで調べたいこともありますので、あと数日シンガポールに滞在し、来週、東京に戻ります。連絡が遅れて、本当に申し訳ありませんでした。

ミナ

優一は、肩を震わせながら、このメールを読んだ。ミナが生きているというだけで、感謝の気持ちに満たされた。ミナはイギリスには行っていなかったのだ。それにしても、シンガポールにいたとは！　イギリスで大騒ぎしたのは、何だったのか、みな笑い話だ。とにかく、白石弁護士には知らせておかなければ、と電話した。

優一から興奮気味の電話を受けた白石は、しかし、何故か冷淡な感じだった。

「ツジツマは合うけど、……何か解せないなあ。パソコンを紛失したとしても、インターネット・カフェに行けばメールくらいは送れただろうに」と呟いていた。「まあ、ミナさんが元気でよかった」とは言いつつも、白石としては、もうこれ以上、ミナに振り回されたくない、もう付き合いきれない、という雰囲気だった。落ち着いて考えてみれば、優一も彼の気持ちはよく分かる。今後はあまりこの件で白石に迷惑はかけないようにしようと、自分に言い聞かせた。

ともあれ、ミナが戻ってくる。また、あの、バーデンバーデンと同じように、愛に満ちた甘美な日々が戻ってくるのだ。そう考えるだけで、優一は、限りない幸福を感じた。

だが、再会したミナは、思ってもみない姿の女性だった。優一には、全く別人のように見えた。一人の人間が、短期間のうちに、こんなに大きく豹変してしまうということがありうるだろうか？　優一には全く信じられないことだった。

次の週、たしかにミナは日本に戻ってきた。待ち合わせて、タクシーに乗った。だが、ミナは硬い表情を崩さず、優一は戸惑うばかりだった。ドラマティックな再会を期待していた優一には、とても信じられない態度だった。ミナは、怒ったように、一言も発しない。笑顔が消えた、あまりにも冷たい表情のミナに、優一はどう対応して良いか分からなかった。取り付く島もない、とはこのことだ。

マンションに着いてから優一は、ミナに向き合って、この二週間、彼がどんなに心配したかを話した。ミナがロンドンで死んだかもしれないと聞いて、白石弁護士と一緒にロンドンに飛び、警察の遺体安置室まで行ったことなども説明した。それに対してミナは、なんて馬鹿馬鹿しい、とでも言うように、不満そうに答えた。

「だって私、ロンドンには行ってないんですよ。疑うんなら、この私の旅券の入国印を見て。ほら、フランクフルト、シンガポール、東京よ。私はイランの旅券なんて持ったこともない、その死んだ人は私と似たような名前を持っていただけではないの？　ミナというのはイラン女性には多い名前だし、マシャイキというのは、イランでは由緒ある家柄です」

確かに、優一と白石弁護士は、余計な心配をしただけ、ということだ。「バッカみたい」とミナは言った。優一には、返す言葉が見つからなかった。

「マイケルがテロ・グループの一員だなんて、笑っちゃう。心優しい、虫も殺せない女の子のような男の子。テロ活動はイギリスでもいっぱい起こっているけど、イギリスの警察はその取り締まりにほとんど失敗している。ロンドン警察なんて、今や誰も信用してないわ。死んだそのイランの女の子だって、かわいそうに、テロリストと間違われただけかもしれない」

「それは、そうかもしれないけれど、ミナから連絡がなかったから、我々としては、最悪のことを考えてしまうではないか」

「そのことは謝ります。オアシスのパソコンは私用禁止でしたし、私はお金を持ってなかったから、新しいパソコンを買うことができませんでした。航空会社からもらった賠償金も、私が払ったチケット代の倍だったけれど、そもそも格安の航空券だったから、しれた額だったし。オアシスからインターンシップの報酬としてもらったお金で、ようやく買えたの。もちろんパソコンを置き忘れたのは、私の最大の失敗だったけど、それだって航空会社がオーバーブッキングしたから。あなたが心配していると思ったから、私もなんとかあなたに連絡しようと努力しました。あなたが、自宅の電話番号を教えてくれなかったから、あなたの会社の名前を思い出して、電話番号を調べて、会社に電話したの。そうしたら、係の人が、あなたはもう会社を辞めたって言うじゃない、何がなんだかわからなくなってしまって」

「そうか、自宅の電話番号を教えておかなかったのは、僕の落ち度だった、申し訳ない」と詫びた。だが、優一としては、ミナとの再会を何よりも待ち望んでいたのにもかかわらず、ミナが彼の苦悩や心配をほとんど受け止めてくれていないことが腹立たしく、とても冷静な会話ができる状態ではなかった。「私、今日は帰ります」と言って、ミナはドアをバタンと閉めて、帰って行った。優一はそれを引き止めるだけのエネルギーも失っていた。底深い疲労感だけが残った。

シンガポールから受け取った先日のメールからは、とても想像できないミナの変わりように、ただ唖然とするばかりだ。あのメールの後、この三、四日の間に、何か起こったのか？　そう言えば、ミナのメールに、「これからタンさんに会いに行く」と書かれていたが、そのタンさんという人から、何か言われたのだろうか？

ミナの顔から笑顔が消えた。あんなに明るかったミナが、今は暗い陰鬱な表情をしている。いつも何かに怯えているような、ピリピリした雰囲気。仮にバーデンバーデンで今のミナに会ったら、優一は間違いなく彼女のことをテロリストだと思ったことだろう。

こんなことなら、いっそ、会社を辞めず、社長に就任して、業務に集中していればよかった、とさえ思った。そうしていたならば、少なくとも、今のような「所在なさ」に苦しむことはなかっただろう。在職中は、部下に囲まれ、それなりに充実した毎日だった。だが、もう時計の針を元に戻すことはできない。目を瞑って、前に進むしかない。それに、考えてみれば、死んだかもしれないと思っていたミナが、生きて自分のもとに帰ってきてくれたのだ。それ以上、何を望もう。ミナと結婚できるのだ。そのことを、何よりも感謝しよう。そして、とにかく我慢しよう、と思った。

その後、徐々に、新しい「日常」が戻ってきた。ミナも、婚姻手続きは、予定通り、出来るだけ早く進めるようにしようと言う。ミナとは毎日のように会った。しかし二人の会話は何か表面的・事務的で、バーデンバーデンとは大違いだった。だが、その違いにも慣れてきた。バーデンバーデンは遠い昔に見た白黒の映画か何かのようだ、と優一は思った。

何故かミナは、優一と目を合わせようとはしない。優一もミナを恐れていた。何か言えば、ミナが爆発しそうな雰囲気だったから、地雷を踏まないようにと、いつも神経を使った。そのたびに優一は、これは単に一時的なものだ、今は忍耐が肝要だと、自分に言い聞かせた。時間が経てば、きっと前と同じように、なんの蟠り(わだかま)もなく、ミナと話せるようになるはずだ、と。

結婚の披露宴は、新婚旅行の後で落ち着いてから、盛大にやろうということになった。ミナにはマンションの鍵を渡し、部屋も急遽改装して、いつでも引っ越して来られるようにした。もっとも、実際の引っ越しは、旅行から帰ってから、ということになった。

ミナは、NPO法人の立ち上げのための準備作業を粛々と進めているようだ。アフリカの緑化を進めるため、太陽光パネルを設置して、その電力で地下水をくみ上げ、緑地を増やしていくというプロジェクトを実現するというものである。優一はその事業に自分の全ての資産をつぎ込むことにしていた。法人設立の申請手続きは、準備だけしておいて、新婚旅行から戻った後、すぐに行うこととした。ミナの知人という司法書士と経理士にも一緒に話を聞く機会があったが、優一にはあまりにも煩雑で、総務や経理のことは、すべてミナに任せることにした。

週に何度かは夕食を一緒にしたが、いつもレストランに行った。話すことのほとんどはNPO法人に関することだった。ミナはいつもレストランで、水かノン・アルコールの飲み物を注文した。ワインはどうかと優一はミナに勧めたが、「結婚するまでは、ワインは封印」と言って飲もうとはしなかった。優一も、それ以上、無理強いはしなかった。彼は何回か「今夜はマンションに泊まっていかないか」と誘ったが、ミナは「新婚旅行まではダメ」と、一度も泊まらなかった。

しかし、優一は確信していた。一度、彼女と肉体的に繋がれば、きっとあのバーデンバーデンの時のような二人の関係が、再び、必ずよみがえるはずだ、と。だから、それまでは、なんとしても我慢して待とう、と思った。

　バーデンバーデンでは、愛の営みが、何と甘美で素晴らしいものだったか、優一はそれを思い出していた。二人の文字通りの「繋がり」を確認する方法として、性愛以上のものがこの世にあるだろうかと思ったものだ。別々の独立した人間の間で、これほど確実なコミュニケーションの手段は、存在しないように思われた。優一が動くとミナが痙攣する。そして、怒濤のような歓喜の渦に巻き込まれる。あの日々が、遠からず、またやってくるはずだ。それまで、辛抱強く待とう。


「新婚旅行は、貴方の祖先の地に行きたい、私の祖先の地でもあるし……」とミナが言って、ケニアに行くことになった。NPOの活動を始めるための、視察旅行も兼ねてのケニア訪問だ。婚姻届を出したが、ミナはこれも極めて事務的に、あたかも住所変更届か何かのように、特別な感動もなく、粛々と進めた。ミナは名字が「正池」から「桂」に変わったので、新たに十年間有効の旅券を取得した。

　こうして優一とミナは、新婚旅行で、ケニア・ナイロビ空港に降り立った。ナイロビの街は緑が多い。しかし一歩街をでると、埃っぽい乾燥地帯が続く。ケニアに着いた後、二人とも、長時間の飛行で疲れ切った体を休めるため、深い睡眠に落ちた。

次の日、今度は国内便で、リフトヴァレーに飛んだ。ナクル湖という、最近、世界遺産にも登録された美しい古代湖、その湖に面したロッジに投宿した。湖畔を散策しながら、五万年前の祖先を想う。数万羽のフラミンゴに圧倒される。突然のスコールで二人ともずぶ濡れになる。

優一は再会以来、まだ一度もミナの体に触れていない。抱き合うのはナクル湖で、とミナが言うので、優一も強いて求めなかった。彼女が言った。

「ね、優一さん、貴方がハイデルベルクでしたように、最初はスポーツカーの中で、して欲しいの」

「うん、そうだね、これから五日間、バーデンバーデンを実際に再現しよう。ちょっと待っていて、レンタカー屋で車を借りてくるよ」

「できれば、あの時と同じ、メルセデスのスポーツカーがいいな」とミナ。

「ケニアにメルセデスの車があるかどうか……あれば、そうするよ」と優一は了解した。

部屋を出るときには、雨はすでにやんでいた。スコールの後、すぐさま晴天が入れ替わる。いかにも、アフリカ的だ。部屋の中にいるミナに大声で言った。

「窓の外を見て、虹だよ！　湖の向こうに、ほら、あんなに大きな虹がかかっている！」

初めてミナと結ばれた後、ハイデルベルクで見たあの虹と同じだ。幸先が良い、ミナとの幸せを、天が祝福していてくれる、優一はその虹を見ながら確信したのだった。

もとよりこの時、優一は、自分の夢が、数時間も経ない間に、最も無残な形で裏切られるなどとは、思ってもいなかった。


優一はホテルの近くにあるレンタカーの会社に行った。ミナが望んだメルセデスのスポーツカーを頼んだ。会社は時間をかけて探してくれたが、結局見つからなかった。ミナが、がっかりするだろうな、と思いながら、仕方なく、ニッサンのセダンに決めた。

さて、レンタカーの代金をクレジットカードで精算しようとしたが、そこで思わぬ事態となった。カード会社に、優一のカードが拒否されてしまったのである。残高が足りないというのだ。何かの間違いだ、そんなことはあり得ないと、別のクレジットカードを出したが、これも拒否された。

それまで親切だったレンタカー会社の社員の態度が、急変した。「俺たちを騙そうとしたのか」とでも言わんばかりだ。無理もない。すぐ戻るからと言って、逃げるようにレンタカー会社を出た。こんな恥辱は、初めての経験だ。全身、冷や汗でびっしょりだった。

ホテルの部屋に戻って、「ミナ、大変だ！」と叫んだ。だが、ミナはどこかに出かけたのか、不在だ。

頭の中は混乱状態だったが、とりあえず、インターネットで口座残高を確認すると、彼の預金が、殆ど全額引き出されていることが分かった。すぐ東京の取引銀行の担当者に電話すると、過去一週間の間に「奥様からのご指示で」、何回かに分けて、預金を彼女の口座に移したということだった。「間もなくNPO法人を立ち上げるので、そのための経理上の処理」という説明があったとのこと。たしかに、その担当者から一度、優一にも電話があり、結婚したことのほか、NPO法人設立についても確認があったことは覚えている。だが、預金の移転の話はなかった。

「どういうことだ？　ミナ、ミナッ！」

だが、ミナの姿はどこにもない。スーツケースはそのままだが、彼女のハンドバッグは見当たらない。優一はホテルのフロントに走った。

「奥様は、二時間ほど前、タクシーをお呼びになって、どこかに出かけられました。すぐお戻りになる、と仰っていましたが……」という。

二時間前といえば、優一がレンタカー会社に向かった時間だ。ミナは優一が部屋を出たその直後にタクシーを呼んだのだ。ミナは優一のクレジットカードが拒否されることを予知していたのか、そして優一の預金が無くなっていることが発覚することも、想定していたのだろうか。優一に、ケニアでは殆ど見ないメルセデスのスポーツカーを探すように仕向けたのも、時間稼ぎだったのか。

だが、優一はまだミナが自分にそんなことをするとは到底信じられなかった。何か事情があった筈だと考えていた。フロントの「すぐ戻る」という言葉を信じて、優一は夕方まで待った。しかしミナは戻ってこなかった。

夕闇が迫り始めたころになって、優一はやっと、自分がミナに裏切られていたと認めざるを得なかった。警察に届けるべきだろう、少なくとも妻が失踪したのだ、ホテルを通して警察に届けよう、そう考え始めていた時、メールを受信した。ミナからだった。「桂優一様」という他人行儀な書き出しで、そのメールは始まっていた。そしてそこには、優一の思いもよらなかったことが、書かれてあった。

貴方とドライブに行けなくなって、ごめんなさいね、私は今、ナイロビに着きました。間もなくケニアを離れます。もう私のことは捜さないで下さい。お別れします。でも、少しだけ、説明させて下さい。でないと、貴方も納得できないでしょう。

フランクフルトからの帰途、ロンドンに行けなくなったので、以前お話ししたように、シンガポールに滞在しました。高校時代に二年間過ごしましたので、急に懐かしくなって、当時、私たちの家でお手伝いさんをしていたタン夫人に会いに行きました。タンさんから、「これはお父さんから預かっていたもの、いつかあなたにお渡ししたいと思っていたの」と、封筒に入った書類の束を受け取りました。母が病気になり、私は未成年だったので、当分の間、タンさんが保管していてくれたのです。その中に父のメモもありました。そのメモによって、私は驚愕するような事実を知ることになってしまいました。

私は、父が亡くなった直接の原因については、それまで全く知りませんでした。私が聞かされていたのは、ただ、うつ病が悪化し、自殺したということだけでした。

私の父は、レバノンの会社の東京およびシンガポールの事務所に勤めていました。そして桂さんの会社と特許をめぐるトラブルで裁判になりました。覚えておいででしょう。父は、相手方の弁護士から、特許を「盗んだ」と非難されました。父の会社は敗訴し、それが原因で、誇り高い父はひどく傷つき、うつ病になって、最後はシンガポールで自ら命を絶ちました。憤死でした。母は、精神を病み、今も病院です。父が、そして私たち一家が、貴方の会社によって潰されたというのは、何という皮肉でしょう。

父のメモを読み、彼の死の真相を知って、私は、愕然としました。裁判資料の中に原告の一人として貴方の名前を見た時は、体の震えが止まりませんでした。最大の味方だと信じていた貴方が、実は、私の父を死に追いやった人物だったのです。私の父は、あなた方に殺されたのです。私は決してそのことを、許すことはできないでしょう。

バーデンバーデンの祝祭劇場で見た『ハムレット』は、今思い出すと、とても暗示的でした。オフィーリアの父親はハムレットに殺されました。オフィーリアは狂い死にして、まだ救われましたが、私は狂うことさえできず、またレアティーズのような兄弟もいないので、私は自分で貴方にリベンジするしか、ないのです。

貴方は、東京で再会してからは、本当に申し訳ないくらい、私の思い通りにしてくれました。婚姻届も出して頂きましたので、銀行に行っても『桂夫人』ということで、信用絶大でしたものね。貴方は、これからは一緒に暮らしていくのだからと、親切にも、銀行の通帳や印鑑などが入った金庫の暗証番号など、すべて教えてくれました。もとより、私は、違法なことは何一つしていません。貴方の預金は、私たち一家への残酷な仕打ちに対する賠償として、然るべき団体に寄付させて頂くことに致しました。

最後に一言。貴方がバーデンバーデンで私にどんなことをしたかを、貴方はきっと細部に至るまで覚えているでしょう。私にとっては、とても耐えられないようなことばかり、貴方は、私の体を弄び、私を狂わせてそれを悦んでいました。貴方の低俗な人間性に、私はずっと吐き気を覚えていました。私は、汚らわしい貴方から、かろうじて逃れられ、今は本当にほっとしているところです。なお私のアドレスは閉鎖します。さようなら。

ミナ

優一は大きな声をあげて笑った。渇いた自嘲的な笑いだった。参った、ミナの言うとおりだ。男は、多かれ少なかれ、みんな馬鹿だが、俺ほどの馬鹿はいない……たしかに、これで納得だ。もう何もかも面倒くさくなった。無様な終わり方だが、俺の一生を終わらせるには、これほど相応しい形はないと言って良いだろう。愛する人に裏切られたという絶望感を通り過ぎて、今は、底知れぬ空白感だけが俺の心を支配している。体から力が抜けたような感覚だ。

ミナが高校生の時に父親を亡くしたことには、同情するが、父親の会社が訴訟に負けたのは、彼の会社の責任であって、彼個人の問題ではない。そんなことは、ハーバードを出たミナなら分かっているはずだ。彼のうつ病や自殺まで、どうして俺の責任なのだ？

オフィーリアの父親をハムレットが誤って殺してしまったのは、もちろん事故だったたのだ。壁掛けの後ろに隠れていた父親の方にも落ち度があった。それをハムレットだけのせいにするのは、ちょっとかわいそうな気がする。まあ、今更こんなことを言っても、詮ない話だが。

ミナは子供の頃から、味方か敵かをはっきり区別する傾向があるとか言っていたが、この一件で、俺はミナの「味方」から「敵」に、立場が一変してしまったようだ。しかし、まあ良い。俺を非難することによって、ミナの気持ちが収まるのなら。

財産が無くなったことなど、もとよりどうでも良いことだ。金には頓着しないというのが俺の生き方だった。ミナが必要だというなら、こんな面倒臭いことをしなくても、俺の財産は全部彼女に引き渡したはずだ。

今にして思えば、ミナがマンションにNPO法人設立準備のためといって連れてきた司法書士と経理士のあの二人は、グルだったのだろう。きっと彼らは、優一の預金を「合法的に」移転させるために、委任状を作るなど、ミナに悪知恵を貸していたに相違ない。俺も軽率だった。いくつかの書類に、言われるままに署名したのは、覚えている。それもミナを全面的に信頼していたからだ。

バーデンバーデンでのミナとの愛の営みは、ミナもそれを望んだからだ。どうして今になって、あの甘美な思い出を、踏み躙るようなことを言うのか？　だが、全ては自分が、人生というものを安易に考えてきた報いだ。人生は、そんなに甘いものではない。光の部分と同じくらい、いやそれ以上に、影の部分があるのだ。光だけを見つめて、出来るだけ影を見ないように生きてきたのだ。その結果が、今の無様な俺の「なれの果て」というやつだろう。

ミナに裏切られたことは、自業自得、仕方のないことと諦めよう。無理やり、理想の女性をミナだと妄想し、それが破綻したというだけのことだ。優一にとっては、バーデンバーデンでのミナを、理想化し、永続させて、その後の人生の支えとすることが必要だったのだ。生きていくためには、人を愛し、人に愛されているという「愛の証し」が必要だった。だが現実のミナは、夢想したミナとは全く対極の、とんでもない悪女になってしまったのだ。

ミナのすごいところは、その「陰謀」の意図を微塵も感じさせることなく、粛々と婚姻手続きを進め、そして一週間も経たないうちに、NPOの立ち上げという目的を掲げて、あくまでも合法的に、優一の全財産を別の口座に移管し終えたことだ。違法なことは、何一つしていない。見事としか言いようがない。しかも、その陰謀をケニアにきてから完成させるという、普通の人間では思い付かないようなことをやってのけたことだ。東京でそれを実行すれば、発覚する可能性が高いからだ。ケニアなら、どこへなりと消えることも容易だ。本当に、よく考えたものだと、感嘆する。

親友の弁護士の白石に相談すれば、有能な彼のこと、失った財産の大半は取り戻してくれるだろう。だが、彼に連絡しようという気にはならない。失った財産のことなど、自分にとっては本当に、もうどうでもよいことだ。自分の預金すら管理できないようでは、そもそも財産など持つ資格もないということだ。俺は、まともな社会人としては生きていけないということを証明してしまった。まったく、自分でも笑ってしまう。

だが、そんなことより、一番ダメージを受けたのは、やはり、バーデンバーデンでのミナとの愛の営みを、いやらしい、汚らわしい、と言われたことだ。正直なところ、突然、自分の人格が全否定されたような感じだ。自分でも実は、いやらしいことだったのではないかと思ってしまいそうになる。だが、あのバーデンバーデンでの五日間は、夢の中の出来事だったのか。いや、そうではなく、わが人生最高の、最も輝いた日々だった。ミナは自分の全てを受けとめ、愛してくれたのだ。それを、いやらしいなどということは、全身全霊で愛してくれたあの時のミナを裏切ることだ。ミナを否定し、そして自分自身を否定することだ。

だが、今となっては、あの日々は、すべて夢だった。幻だった。そして、俺が愛した正池ミナという女性は、もはやこの世には存在しないのだ。そうだとするなら、ミナの存在しないこの世界に、こだわり続けて、何の意味があるというのか。俺は、これ以上、この世界では生きてはいけない。俺が生きていけるのは、ミナのいるバーデンバーデンの夢、幻の世界だけだ。生と死の境目が、はっきりしなくなったような気がする。何が何だか、自分でもよく分からないが、もう、この世で生き続けるのは苦痛だ。生きると言うことの意味が、もはや全く見えないからだ。

ハムレットではないが、「生きるべきか、死ぬべきか、それが問題だ」。世話になった白石には、何と説明して良いか分からない。ハムレットがその親友・ホレーシオに言ったように、「天と地の間には、想いも寄らない出来事が随分あるぞ」ということくらいしか、思いつかない。

馬鹿馬鹿しい。すべてが煩わしい。こんな人生は、もう、終わりにしよう。五万年前の先祖のところへ、早く行くことにしよう。頭痛が激しい。頭がガンガンする。気にすることはない、死が全ての苦しみから解放してくれるだろう。

第八章　光見つめて

弁護士の白石は、未明、まだ深い眠りの中にあった時、国際電話で叩き起こされた。電話はケニア、ナクルのホテルからだった。桂優一の旅券の最後のページに、事故の際の連絡先として、白石の電話番号が書かれてあったので、連絡をくれたのだ。昨夜、ホテルの近くの崖の上で、気を失って倒れている優一が発見され、救急車で病院に運んだとのこと。とくに怪我はないが、昏睡状態という。

「彼の新婚の奥さんが一緒のはずだが、どうしたのか」と聞くと、「一緒だったのですが、昨日の午前中、ホテルからいなくなって、桂さんもひどく心配している様子でした」とのこと。これは只事ではないと、白石は直感した。

優一に近親者がいないこと、会社も退職してしまっていたので、白石自ら現地に急行することにした。大急ぎでケニアのビザを取り、ドバイ経由でケニア・ナイロビのケニヤッタ空港に着いた。そこから国内便に乗り、ナクル湖へ。東京を出てから待ち時間を含め、ゆうに二十時間の旅程だ。

ケニアのナクル湖に着いた白石弁護士は、優一が入院している病院に直行した。容態は安定していると医者から聞いてひとまず安堵したが、ベッドで眠り続ける優一は、一挙に二十歳も年をとったかのように、老けてみえた。苦悶の表情が顕著だった。

そのあと白石は、優一が投宿したホテルに行った。優一が発見された場所に従業員が案内してくれた。優一が夜半、夢遊病者のようにホテルの玄関を出て行く姿を、その従業員が見ていたという。その時は散歩にでも出たのかと思ったが、なかなか戻ってこないので心配になって崖の方を見にいくと、彼が気を失って倒れていたという。

医者の説明によると、何らかの強烈な心理的ショックを受けての統合失調症のような症状だが、外傷性の痕跡は見られず、体力が回復すれば意識も戻るだろうという所見だ。

その所見どおり、翌日、優一は眠りから覚め、気がついた。三日間、眠っていたことになる。目が覚めると、最初は、自分がどこにいるのか、なぜ、白石がいるのかも、分からない様子だったが、白石が順を追って説明すると、次第に記憶を取り戻してきた。

「あ……あ、そうだ、俺は死のうとしていたんだ」

「なぜ、死のうなんて馬鹿なことを考えたんだ」と白石が聞く。

「うん……ミナが……失踪してしまって……預金が消えてしまって……」と、取り止めもなく話し始めた。白石も、ようやく事情が分かってきた。

正池ミナは、どこへ消えてしまったのか？　白石が、ナイロビの空港や航空会社に電話をかけまくってわかったことは、彼女が、ナクルの飛行場からセスナ機をチャーターしてナイロビに戻ったことだ。さらに、彼女が、ナイロビから隣国タンザニアのアルーシャに向けて出国したことも確認された。しかし、その先の足取りは不明のままだ。十年の旅券をとったのだから、恐らく、しばらくは日本には戻らないだろうな、と白石は思った。

「もう、彼女を捜すようなことはやめてくれ、彼女の自由にさせてやってくれ」と優一は言った。

「お前は、どこまで人がいいのか？　彼女は典型的な『ツナミ・ガール』じゃないか。お前がやれと言うのなら、彼女に盗られた金の大半は取り戻せると思うがな」と白石は言った。しかし、優一は、「それは望まぬ、頼むから、決して、何にも、しないでくれ」と言う。

「お前がそう言うなら仕方ない」と白石も諦めざるを得ない。

ミナの変心の原因が、昔、白石が主導したレバノン企業との特許訴訟のあと、ミナの父親が自殺したことにあったということは、白石には話していない。今後も話すつもりはない。

優一の回復は思ったより早かった。当初は、死ねなかったことで自己嫌悪に陥っていた。

「なぜ、死ねなかったのだろう……情けないよ」と優一が呟く。それに対して白石が言った。

「それは、体力がないからだ」

「体力？」

「そう、老人の眠りが短いのは体力がないからだ。眠るには体力が要る。死ぬのも同じだ。体を鍛えて、体力をつけておかないと、死ぬにも死ねない」白石の奇妙な説に、つい、笑ってしまう。

「ホテルの人たちや白石に迷惑をかけて申し訳なかったが、何か、その、大きな仕事が一つ終わったたような感じだ。不謹慎だが、何か、吹っ切れたような……」と優一は言った。

「それは良かった」と白石は応えた。

その二日後には、医者から退院しても良いと言われたので、白石は優一を東京に連れて帰ることにした。ただ、大事をとって、ドバイで一泊、さらにシンガポールで一泊して、四日がかりで東京に戻った。白石には本当に世話になってしまった。弁護士というよりも、中学・高校の同級生ということで、こんなに親身に助けてくれるのだ。

優一のマンションも人手に渡ってしまっていることもありうると覚悟していたが、それは杞憂に過ぎなかった。部屋はそのままだった。数日間は病人のような生活だったが、一番苦しい時期はなんとか乗り越えた。しかし、もう無一文なのだから、とりあえず、このマンションを売って、それを生活費に当てなければ、と考えていた。その矢先、取引銀行の優一担当の係員から電話があった。

「あの、先日、お問い合わせのあった桂さまの口座に、再び、全額、再入金されましたので、ご連絡申し上げた次第です」とのこと。

「えっ、そうですか?」とは言ったものの、何がなんだか分からない。「あの、実は、計画していたNPO法人の設立が、中止になったものですから……」と答えるのが精一杯だった。なぜだ、何が起こったのだ? 白石が何かしたのか? そうだ、ひょっとして、またミナからメールが来ているかもしれない、そう思ってパソコンを開くと、案の定、ミナからのメールが届いていた。

あることが起こって、私が大きな過ちを犯していたことが、分かりました。とりあえず、貴方の口座から引き出したお金は、全額、戻しておきました。お許し下さい。と、申し上げても、とても許しては頂けないことは分かっていますが、愚かな女の間違いを、どうかお許し下さい。

「あること」って、一体何が起こったというのだ? しかし、その説明はない。その代わり、このメールには、驚くようなミナの告白が綴られていた。

少し長い話になるのですが、私たち五人ほどで、二年前、秘密のグループを作りました。父が死去し、母も精神病院に入ってしまい、居場所のなかった私にとって、このグループは新しい家族のようなものでした。その後メンバーは一〇人くらいになったかと思います。リーダーはヤシーンという、とても優秀なエジプトの若い技術者でした。マイケルに誘われて、私もこのグループに参加しました。でもヤシーンはアラブの友人にお金を貸したことで、警察に逮捕され、結局、自殺しました。自殺は、私たちの秘密を守るためでした。彼は、その命と引き換えに、私たちを守ってくれたのです。

この事件で、私たちの結束は運命共同体ともいえる極めて強いものになりました。私たちは決していわゆるテロ組織ではありません。横の繋がりも、上部組織もありません。あくまでも自主的なグループです。最初は勉強会のようなものでした。みんな普通の若者でした。誰一人、自分たちがテロリストだとは思っていませんでした。しかし、私たちが、今の社会が不正義と矛盾に満ちていると、強く感じていたことは事実です。民主的な話し合いでこの社会が変革できるといった甘い幻想は、もはや持っていませんでした。やはり、世の中を変えるには、それなりの実力手段と資金が必要だと考えていました。他方、今から考えると、何らしっかりした目的や方針、戦略・戦術もなく、ただ思いつきで「革命ごっこ」をやっている馬鹿みたいなグループでした。

仲間の一人が、レーザー光線で武器を作る方法があるというので、桂さんに注目しました。桂さんは光学の専門家で、レーザー銃の開発に知恵を貸して下さるのではないかと、考えたのです。もちろん、脅迫すれば、ということですが。仮にそうでなくても、桂さんの会社は大きな利益を上げているから、誘拐すれば貴重な資金源になりそうだと思われました。

でも、私たちの方法論は、他のテロ組織と違って、暴力を使わない、使うとしても最小限度にという、これも笑い草ですが、「スマート・コアージョン（強制）」というのが、私たちのグループの美学でした。

そういうことで、とにかく私が桂さんに接近することになりました。フリードリッヒ大浴場で、突然裸体で浮かび上がったのもそのためでした。浴場を出た後、前のレストラン・カフェに立ち寄るだろうと予想して、私は、そこで桂さんを待っていました。思った通り、桂さんはやってきました。予想が外れて桂さんがそのカフェに来なくても、私は別の方法で桂さんと接触の機会を探せばよいと考えていました。そのカフェでの会話で、私は桂さんのお話に魅惑され、貴方を誘拐するなんて、あり得ないと思いました。そのためカフェで自己紹介した時も、私は本名をお伝えしました。

そのあと、当初の計画では、山の上の古城に行き、戻ったあと、駐車場で貴方の誘拐を実行することになっていました。私はグループの仲間に連絡を取ることができませんでしたが、誘拐は絶対阻止しなければ、と思いました。私たちが約束の時間に大幅に遅れてタクシーの運転手が帰ってしまうと計画が実行されてしまうので、私は運転手に必ず待っていてくれるよう頼みました。運転手が約束通り待っていてくれて、私は本当に安堵しました。

その夜、レストラン・シャルルマーニュで、私たち二人は気持ちが通じるようになって、段々親密になっていきました。私はグループに、タクシーの運転手から「不審な黒いセダン」について、タクシー会社に報告が行っているし、会社から警察に連絡が行っているかもしれない。また、桂さんは「空手が得意」との情報も添えて、貴方を誘拐するという計画は中止すべきだと伝えましたが、それは認められませんでした。

しかし貴方とのお付き合いが深まっていくうちに、私の最初の予定は完全に狂ってしまいました。全く予期しないまま、私は次第に貴方を愛するようになってしまったのです。グループの他のメンバーは、私とマイケルがまだ恋仲だと思っていたので、まさかこんな展開になるとは想像していなかったようです。

こうして、グループの誘拐計画は、練り直して、ハイデルベルクで実行されることになっていたのですが、昼食後、急に降り出した雨の中を私たちが走って車に飛び込み、急いで車を出したので、彼らも慌てて車を急発進させたのです。しかし彼らは豪雨の中で私たちを見失ってしまいました。私たちは駐車場に戻って雨の止むのを待つことにしました。

そこで私たち二人は、結ばれました。私にとっては、桂さんが初めての人でした。貴方との初めての体験は、私にとっては、世界が一変してしまうような革命的なことでした。

もはや、桂さんを誘拐するなんて、とんでもないこと、それどころか、桂さんを救うためなら、グループを裏切っても、私の命を差し出しても、私は桂さんを守り抜こうと考えました。貴方に愛されるなら、自分の身に何が起こっても構わない、という覚悟でした。貴方は、それほどに、私にとってかけがえのない人でした。

たまたま私たちがハイデルベルクからホテルに戻ったとき、誘拐の下見に来ていたマイケルたちと鉢合わせになりました。普通だったら、知らぬふりをして通り過ぎたはずですが、私はわざとマイケルの名を呼んで、意図的に騒ぎを起こしました。誘拐計画は、その時点で根本的に再検討せざるを得なかっただろうと思われます。

ただ、その時、グループのメンバーは、私がマイケルに言った「私たちはもう別れたのだから」と言う言葉で、マイケルと私がすでに切れていることを知り、マイケルのグループ内の立場は極めて悪いものになってしまいました。

私は一層不安になったので、警察に匿名電話をかけて、桂さんの部屋にテロリストが潜んでいるとタレこんだのです。警察がこんな電話一本で何か行動を起こすとも思えませんでしたが、ドイツの警察はテロ活動によほど神経質になっているのでしょう。しっかりと、踏み込んでくれました。これでもう、彼らのバーデンバーデンでの誘拐計画は決定的に挫折しました。

私のグループに対する裏切りが、私にどのような結果をもたらすか、貴方と一緒にいる間は、そのことをできるだけ考えないようにしていました。しかし、マイケルが私のために制裁を受けることになるのは、とても耐え難いことでした。

私の身の安全だけを考えるのであれば、私は貴方と一緒に東京に戻ればよかったのですが、マイケルのことを考えると、そうはいきませんでした。私がロンドンに行かなければ、私の代わりに、マイケルが制裁を受けることになるからです。

フランクフルトで桂さんが無事に日本に帰るのを見届けた後、私は洗面所に駆け込んで号泣しました。再び貴方には会えない、と。しかし、泣いた後は、もう私の心は決まりました。私は、グループの懲罰を甘んじて受け容れることにしました。ロンドンで、私はひどい拷問を受けるかもしれない、あるいはどこかで自爆テロをさせられることになるかもしれない、と覚悟しました。

空港で英国便のカウンターに行くと、私のチケットはないと言われ、私は途方にくれ、強く抗議しました。その混乱状態の中で、マイケルが遠くから私を見つめているのに気が付きました。私は彼のところに寄って行き、お互いに反対側を向いて、話しました。私たちが知り合いであることを他人に悟られないためでした。

マイケルは私に、グループからの追跡を逃れるため、すぐヨーロッパを出て、姿を眩ますよう言いました。彼は、私の命を助けるために工作をしていたのです。マイケルは心優しい人です。私のことを、妹のように思ってくれていたのかもしれません。私をグループに引き込んだことを後悔している様子でした。それで私は、東京行きの航空券を求めましたが、当日のチケットはなく、とりあえずシンガポールに行くことにしました。

「マイケル、あなたはどうするの?」と聞くと、彼は「それは心配しなくても良い。ちゃんと手は打ってある」と言いました。私と同じ名前のイラン旅券をもった若い女性が身代わりになった経緯はよく分かりませんが、グループの人たちに私の死亡を信じさせるために、彼が仕組んだトリックだったのかもしれません。

マイケルは、ロンドンに行った後、すぐに出国し、その後は自分のルーツを探しに行くと言っていましたので、おそらくレバノンに行くのだろうと思いました。いずれにせよマイケルも、私を助けるため、仲間を裏切ることになったのです。

これで私たちのグループは恐らく消滅するものと思います。しかし、ひょっとして、残ったメンバーが、裏切り者の私を捜し出して制裁を加えるかもしれません。それで私も目立たないように生きていくことにします。

貴方を誘拐しようとしたことは、とても許されることではありません。貴方のお金を無断で移転しようとしたことと共に、何とお詫びしてよいか分かりません。もとより、こんな私を、貴方が許して下さるとは考えてはおりません。一人で生きていく道を探します。

貴方のアフリカ緑化計画を一緒に実現できたら、どんなに良かったことかと、それはとても残念に思っています。貴方はきっと貴方の夢を形にしていかれることと信じています。

バーデンバーデンで貴方と過ごした五日間は、何よりも甘美で濃密な時間でした。

先のメールに書いたことは、もとより全く本意ではありませんでした。あの時は、貴方に対する誤った復讐の気持ちに支配され、貴方とのことは全て否定的に考えてしまったのです。しかし、それは間違いでした。バーデンバーデンでの五日間は、私の一生のうちで、最も真剣に、一瞬一瞬を生きた日々でした。貴方に愛されて、私は本当に幸せでした。ありがとう。

何と、ミナは、俺を守るために、自らの命をかけてくれたのだ。礼を言わなければならないのは自分の方だ。俺たちのあとを執拗につけていた黒いセダンの男たちのことを、てっきりミナをつけていたと思い込んでいたが、実際は俺を誘拐しようとしていたんだ。それも、バーデンバーデンでミナと会った最初の夜から始まっていたとは！　ミナは、そのグループの企てを、諦めさせるために、さまざまに手を尽くし、阻止しようとしてくれていたのだ。

誰でもテロリストになりうる時代だ。ミナのような優秀な人物でも、例外ではない。また、誰もが、テロのターゲットになりうる。俺のような全く関係ない者でも。ミナと俺との関係は、一面、そうした時代の反映だったのだ。

ミナは何事にも一生懸命だった。彼女は、燃えるような激しい情熱を、持て余していた。

そして、なんとか世界を変えたいと願っていた。あの五日間、同じ情熱を、優一との愛に注いでくれた。優一がいとおしく思うのは、何よりもその真剣さだ。何事にも本当に一生懸命だった。ミナにはとにかく、自分のところに戻ってきて欲しい。

前の時と同じように、ミナのメールアドレスは直ちに閉鎖されてしまい、こちらから連絡することは叶わなかった。優一は、八方手を尽くして、ミナの居所を捜そうとした。正池家の財産を管理しているという弁護士にも聞いてもらったが、ミナからは全く連絡がないとのことだった。

今は何でもメールで連絡できる便利な時代だが、メールというのは、なんて薄っぺらく不安定で脆弱な連絡手段なのかと思う。電話であれば、相手の声の調子や息遣いから、話していることの何倍もの感情が伝わってくる。手紙であれば、その筆跡から、相手の気持ちが伝わってくるし、便箋に涙が滲んでいることもあるだろう。しかし、メールでは、表面的な、乾いた情報しか、伝わってこない。ミナからは、そのメールさえ、届かない。

時々、ミナが本当に実在したのか、分からなくなることさえある。三保の松原に降り立った羽衣伝説の天女のように、水浴びをしたあと、美しい舞を舞い、そして再び天に戻って行ってしまった……。

ミナはどこでどうしているのか？　自分にはミナしかいない。彼女なしに、どうやって生きていけるというのか？　ミナが戻ってきてくれさえすれば、俺はもう他に何も望まない。どうか戻ってきて欲しい！

優一は、何としてもミナを見つけ出して彼女に会いたいと、願った。その思いは日増しに強くなる。白石弁護士も、いろいろと手を尽くして、彼女の行方を捜してくれたが、しかし、彼女の居場所は、皆目、分からなかった。焦燥感と不安に押しつぶされそうな毎日、本当に気が狂いそうだった。

見かねた白石が、何か、気が紛れる趣味でも見つけたらどうか、と心配してくれた。また自殺などされては困ると思ったのかもしれない。白石が、例えば、絵を描くというのはどうか、と言って渡してくれたのが「四谷美術学院」という美術の専門学校のパンフレットだった。白石の熱心な勧めで、優一はこの学校に通うようになり、油絵を始めた。

優一の描く女性画は、いつもミナに似てしまう。三十号のキャンバスに描いた裸像で、一番上手に描けたと思う絵の一枚を額縁に入れて、書斎に飾っている。左の腰の辺りにあるサクランボのような紅い痣も、しっかりと描かれている。背景には、ハイデルベルク・ネッカー川とその向こうに広がる平原に、鮮やかな虹がかかっている。

ミナの絵を描きながら、最近、時々飲むのは「シャトー・クレール・ミロン」の赤ワイン。そのエチケットに男女が踊っている絵が描かれている。それはこのワインの生産者であるフィリップと、不幸にして別れなければならなかった妻との、幸せだった頃を描いているといわれている。

ミナが言っていたことを思い出した。ワインには、一人静かに飲むに相応しいワインと、大勢で飲むワイン、そして恋人同士が二人で飲むワインがある。クレールミロンは、一人で飲むのに相応しい。気のせいか、このワインを口に含むと、悲しみが一層深いものになる。

そして八カ月余りが経った次の年の春、やっと再びミナからメールが届いた。それは「優一様、会いにきて下さい！」という悲痛な言葉で、始まっていた。優一は震えながら、そのメールを読んだ。

ケニアでお別れした後、私は友人を頼ってボストンに来ました。ハーバードにはまだ博士課程に進学する可能性も残してあったので、ビザが有効でした。何の問題もなく入国できたのは、旅券の苗字が「正池」から「桂」に変わっていたからかもしれません。

米国に到着して間もなく、胃の調子がおかしくなり吐き気がしました。それは「つわり」だったと気付きました。私はあなたの子供を孕っていたのです。これは私の全く計算外のことでした。ピルを飲んでいたので、妊娠することはないと思っていたのです。でも、私の体の中で、命が宿っている。そのことを知った時、私の中で大転換が起こりました。私は、復讐ではなく、愛に生きるべきだということを悟ったのです。

私の中に命が宿ったことで、私が帰国後、貴方に対して行ったことが、大変大きな間違いであったことを思い知らされました。恩を仇で返すようなことをしたこの私が、貴方に許して頂けるとは、到底考えられませんでした。貴方はきっと私のような女と結婚してしまったことを悔やんでいらっしゃるだろうと思いました。それで、生まれてくる赤子は、私が一人で育てようと思いました。ハーバードの国際センターで働き口を得て、少ないながら、収入の道も確保できました。

ところが、最近、動悸や頭痛がひどくなって、病院で診てもらいました。そうしたら、「妊娠高血圧症」と診断され、私はそのまま入院させられました。天は私に罰を下したのでしょう。当然だと思います。私はあの禁断の赤ワインを飲む資格がなかったのです。だから、シャルルマーニュ皇帝の逆鱗に触れたのだと思います。

おなかの赤ちゃんは大丈夫ですが、私自身は死ぬかもしれないという気がします。

もしそうなったら、生まれてくる赤ちゃんは、孤児になってしまいます。それではこの子が可哀想。貴方に連絡することにしたのはそのためです。

貴方と一緒に過ごした去年の初夏のバーデンバーデン、あの思い出は、私の一生の宝です。貴方に愛され、私は何と幸せだったことでしょう。

病院は、ボストンのマサチューセッツ・ジェネラル・ホスピタルです。できれば、来て頂けませんか？　貴方を心から愛しています。一目だけでも、貴方にお会いしたいのです！


「ミナが死ぬかもしれない？」

優一は、このメールを読み終わる間もなく、すぐさま自宅を飛び出して、数時間後には、飛行機に乗っていた。ミナは俺たちの子供を孕(みごも)っていたのだ。バーデンバーデンでの愛の証しだ。ミナはそのことを、つわりで知った、そしてそれによって、復讐の思いを克服したのだ。以前のメールで「あることが起こって……」と書いてきたのは、まさにそのことだったのだろう。

だったら、なぜ、優一のもとにすぐ戻ってきてくれなかったのか。だが、ミナがそうしなかったことも、分かるような気がする。ミナらしく、自分でその責任を取ろうとしたのだ。ミナは体調の悪化にもかかわらず、生まれてくる子供のために、無理して仕事を続けていたのであろう。

これまでのことは水に流して、これから二人でゆっくりやり直せば良い。問題があれば、二人で力を合わせて解決して行けば良い。きっと世界一幸せな家庭ができる筈だ。だから、何があっても、どうか、どうか、決して、死なないでくれ！

ニューヨークを経て、ボストンに着くと、そのままタクシーで「マス・ジェネラル」（病院）へ急いだ。「ミナ、生きていてくれ！」と祈り続けた。

病院に着くと、すぐさま、ミナの病室に走った。

数時間前、予定日より二週間早く、女の子が無事に産まれた、とのことだった。

「母親の方は？」息せき切って尋ねると、担当の医師は顔を曇らせた。

「お母さんの方は、出産の後、先ほど、力尽きて、亡くなられました……残念です。もう少し早期に入院・治療していれば、命を落とすことはなかったのですが」

ミナが死んだ？　そんな！　俺は、間に合わなかった……なんということだ！「ミナ、許してくれ！　ミナは俺が殺したようなものだ」優一は、泣き崩れた。

ミナは穏やかな表情で、横たわっていた。「あっ、優一さん、来てくれたのね」と、今にも起きてきそうな感じだ。しかし「ミナ、ミナッ！」と何度呼んでも返事がない。こちらを向いてもくれない。優一は、「許してくれ！」と叫びながら、床を叩いた。

優一は、産まれた赤子を「ユミ」と名付けた。優一とミナのそれぞれの名前の最初の音(おん)を結び合わせた。ミナの葬儀は、ハーバード大学近くの小さなチャペルで執り行われた。ミナが勤めていた国際センターの同僚や、ロースクール時代の彼女の友人たちが、参列してくれた。

二カ月後、看護師の女性に東京まで同行してもらって、優一はユミをボストンから連れて帰った。以来、男手一つで、この子を育てている。

＊＊＊

あれから十二年の月日が過ぎた。ユミは元気で学校に通っている。今、小学六年生。ユミは、母親のミナに、そっくりだ。

優一は白石の助けを得て、ＮＰＯ法人を立ち上げ、小規模ながらケニアで太陽光発電を利用した緑化プロジェクトを進めている。法人の名前は「皆の水」（Water for All）とした。いうまでもなく「皆」は「ミナ」とかけている。優一はこれに全財産を注ぎ込んだ。いずれ、ユミが中学に入ったら、彼女を連れてケニアに行くことを楽しみにしている。

優一はまた、五年ほど前、ソムリエの資格を取り、小さなワイン・ショップを開いている。店の名前は「バーデンバーデン」。奥の壁に、優一が描いたミナの肖像画が、掲げられている。

優一がロンドンで買った一九八四年の「カロン・セギュール」というボルドーワインは、この店で一番の貴重なレア・ワインだ。自分が死んだら、ミナと一緒の小さな墓に入るつもりだが、このワインを墓標にふりかけてもらえれば、と思っている。

週に一度は、常連の白石と、試飲カウンターを挟んで、取りとめのない話をして過ごす。二人とも、今年、還暦を迎える。「俺の夢は……」と優一が呟く。「ミナが、いやユミが、二十歳になったら、ここで一緒にワインを飲むことだ。それまでは、俺も、頑張らないと……」

（了）

あとがき

筆者はこれまで、三編の小説を発表してきた。㈠『流れ星を待ちながら』および㈡『明かりを消して』。この二作品は、滝村光(たきむらこう)の筆名で、『流れ星を待ちながら』(東信堂二〇〇五年)に収録。㈢『幻影の嘉例吉(かりゆし)――牧志朝忠(まきしちょうちゅう)とチル』(信山社、二〇一六年、黒内彪吾(くろうちひょうご)の筆名で出版)。

本作品『禁断の赤ワイン』は、小説としては、筆者の四作目のものとなる。右の㈠と㈡は私小説的な作品だったし、㈢は歴史小説なので、いずれも主人公のモデルがいたが、今回の作品は純粋なフィクションで、筆者の空想(妄想!)のみで書いたものである。その意味では、初めて「小説」と呼べるものになったかもしれない。

現代においては、誰でも、つまり普通の人でも、テロリストになりうるし、また誰でも、テロのターゲットになりうる。そもそもテロリストといわれる人々は、多くの場合、自らをテロリストとは思っていない。それは、イスラム国(IS)に参加した欧米の若者の多くが「普通の」若者であったことにも表れている。彼らは、普通に恋愛もし、普通に結婚もする。

本作品『禁断の赤ワイン』は、十年ほど前に、ジュネーヴで国連の委員会に出席している時に、書き始めた。当時、委員会では、私の提案が五大国出身の委員からの大反対に直面していた。他の中小国の委員が支援してくれて、最終的には私の提案が受け容れられたのだが、私の人生で、こんなに屈辱的な扱いを受けたことはなかったと、私は心底憤慨し、夜も眠れなかった。普通の人だったら、酒を飲んで紛らわすところだが、私の体質はアルコールを受けつけず、実はワインすら殆ど飲めないので、その怒りを抑え、心理的な平衡を確保するためには、代わりに何か「超過激」なことをしなければならなかった。その怒りの「はけ口」として、この小説を書き始めたのである。そのため、初稿では、ハードな官能シーンが満載になってしまった。もっとも最終原稿では、その殆どは削除することになった。

本作品については、小説塾・薄井ゆうじ氏に講評をお願いし、貴重な助言を得た。また、本書の出版については、東京図書出版編集部の皆さんに大変お世話になった。記して感謝申し上げる。

本書の出版までに長い期間を要したが、親しい友人の一人からは、「程よく寝かせた小説はワインが熟成する期間と同じように、味わいのある作品となる」との励ましの言葉をもらった。こうしたファンが少数でもいる限り、今後も少しずつ書き続けたいと願っている。

二〇二一年九月

黒内彪吾

英　語：Forbidden Red Wine
中国語：絶禁的紅酒

黒内　彪吾（くろうち　ひょうご：Hyogo Kurouchi）

本名　村瀬信也　上智大学名誉教授、現在は中国・北京大学法学院客員教授。国連関係の委員を務めるほか、国際的な学会活動にも広く関わっている。前作・『幻影の嘉例吉 ── 牧志朝忠とチル』信山社、2016年。

禁断の赤ワイン

2021年10月26日　初版第１刷発行

著　　者　黒 内 彪 吾
発 行 者　中 田 典 昭
発 行 所　東京図書出版
発行発売　株式会社 リフレ出版
〒113-0021　東京都文京区本駒込 3-10-4
電話 (03)3823-9171　FAX 0120-41-8080
印　　刷　株式会社 ブレイン

ISBN978-4-86641-461-4 C0093
Printed in Japan 2021